우리는

우리의

최선을

강석희 소설집

우리는

우리의

최선을

창비

차례

디스 이즈

포
유

1

여행을 가자고 한 것은 혜연이었고 지리산에 가자고 한 것은 수현이었다. 수현은 자신의 이상함에 대해 생각하느라 잠을 설쳤다. 여행 같은 걸 갈 수 있는 형편이 아닌 주제에 적극적으로 장소를 말한 게 이상했고, 그게 하필 지리산인 건 더 이상했다.

—왜 지리산이야?

혜연이 물었고,

—나도 모르겠어.

수현이 대답했다.

—산이 우리를 부른 걸 수도 있지.

혜연의 말에 수현은, 그럴 수도 있나, 생각했다. 산이 사람을 부른다고, 그런 이야기를 들어본 것 같기도 했다.

수현은 실직에 가까운 상태였다. 그 일은 수현이 예상할 수 있는 범위 밖의 아득한 곳에서 왔다. 수현은 두 곳의 중학교에서 방과 후 글쓰기 수업을 했다. 생활은 최소한에 가까웠으나 큰 불만은 없었다. 일주일에 두 곳의 학교에 나갈 수만 있다면 그것으로 만족했다. 개인 사업자로 분류되었기에 고용보험에 가입할 수 없었고, 대출에 규제가 많았다. 언제 계약이 해지될지 몰라 늘 불안하기도 했다. 그럼에도 수현은 잔잔히 살아갔다. 세상이 내게 내어줄 몫이 그만큼이라면 알겠다, 그만큼만 받겠다, 수현의 몸에 밴 그런 태도는 고용주인 교장들에게 여유가 있고 차분한 사람이라는 인상을 줬다. 덕분에 3년 동안 같은 학교에서 계속 일할 수 있었다. 지난겨울까지 수현이 일자리를 잃을 가능성은 희박했다. 하지만 그 일은 일어났고 수현의 생활은 재난에 가까운 것이 되었다.

학교가 외부인 출입을 제한했다. 수현은 자신이 학교의 외부인이라는 사실을 딱히 의식하지 않았는데 제한을 당하고 나니 확실히 알 것 같았다. 학교에 한순간도 속했던 적이 없었다는 것을. 투명하게 열려 있는 것 같던 학교의 이미지가 입을 굳게 다문 중세의 성처럼 느껴졌다. 2월에 이미 계약을 한 상태여서 다른 일을 구하지 못했고 시간만 자꾸 갔다. 수현은 살면서 욕심을 부려본 적이 거의 없었지만 이건 다른 문제였다. 하지만 어떤 사람들은 그런 걸 두고 욕심이라 했다. 다 힘들지, 이런 시국에 뭘 어째. 그런 말을 보고 들으면 수현은 왜 나의 먹고사는 문제는 욕심이 되는가, 고민하게 되었다. 혼자 일해서 그런가, 나도 어딘가에 소속이 되면 괜찮을까, 위탁업체와 계약을 해볼 생각도 했지만 그것이 결국 외주와 하청의 영역으로 들어가는 것임을 알고 관두었다. 소속이 없는 외부인에서 소속된 외부인이 되는 것이었고 후자가 더 위험했다.

6월의 첫날, 수현은 두 곳 중 한 학교의 교사에게서 전화를 받았다.

—선생님, 잘 지내셨죠?

글쎄요. 재난지원금이 벌써 다 떨어져가고 있으니 잘 지낸다고 보기는 어렵겠지요. 근데 요즘 같은 때에 잘 지냈느냐고 묻는 건 좀 부주의하지 않나요. 수현은 속으로 그런 말을 하며 잠깐 생각에 잠겼다. 교사가 다시 수현에게 말했다.

—여보세요? 듣고 계세요?

수현은 얼른 대답했다.

—네, 여기 있어요.

교사가 용건을 말했다. 방역 인력을 구하는 중인데 학교를 잘 아는 사람에게 일을 주고 싶다는 것이었다.

글쎄요. 수현은 또 생각했다. 그건 제가 해본 적이 없는 일이고, 할 거라고 생각해본 적도 없는 일인데요. 저는 국문과를 나왔고 열심히 해본 일이라고는 읽고 쓰는 게 전부인데, 방역이라니요. 그것에 관한 건 배운 것도 아는 것도 너무 없는데요. 게다가 저는 외부인이잖아요. 학교를 알긴 뭘 알까요. 그러나,

—할게요.

대답했다.

—아, 하신다고?

교사는 조금 당황했다. 어떤 일을 해야 하는지 미처 다 설명하기도 전에 수현이 대답을 했기 때문이다.

벌이가 생기긴 했으나 수현은 자신이 일을 하는 것 같지는 않았다. 할 줄 아는 일이 아니었고 누구라도 할 수 있는 일이었다. 수입은 예전의 3분의 1로 줄었으며 보람을 찾기가 힘들었다. 수현은 매일 아침 열화상 카메라 옆에 서서 학생들에게 손소독제를 짜주었다. 수업이 시작되면 문고리와 창틀을 닦았다. 학생들이 청소할 때 쓰는 걸레를 손빨래한 다음에 세탁기에 넣었다. 사실 걸레 빨래는 수현의 일이 아니었다. 방과 후 수업을 하던 때에 손빨래하는 아이들을 본 적이 있었다. 요즘도 저런 청소를 시키나 싶어 수업을 듣는 애들에게 물어봤다. 그 아이

들은 봉사 시간을 따로 받는다고 했고 그중에는 교직원 장학금을 받는 아이도 있다고 했다.

—저것도 아무나 할 수 있는 게 아니에요.

변성기를 지난 3학년 남자아이가 굵직한 목소리로 말했다. 그 빨래를 수현이 하게 된 것은 학생들의 안전을 위해서였다. 학교는 그것에 민감했고 그런 이유로 방과 후 강사의 출입을 불허했으며 수현은 방역 인력이 되어 걸레를 빨았다.

—쌤!

빨래가 유독 많았던 날에 주연이 수현을 찾아왔다. 주연은 작년 2학기에 수현의 수업을 들은 학생이었다. 딱히 재미있는 것 없이 살다가 문득 글쓰기를 배워보고 싶어져서 수업을 신청했다던 주연의 빨간 입술을 수현은 기억하고 있었다. 틴트는 절대 포기할 수 없는 건지 마스크 아래의 입 주위로 옅은 분홍색이 비쳤다.

—쌤이 나 안 반가워하는 것 같아서 망설이다가 오늘 용기를 냈어요.

—왜 안 반가워. 반갑지.

—그런데 왜 인사 안 했어요?

—너도 안 했잖아.

—전 했어요. 아침마다 얼마나 열심히 봤는데요.

—뭘? 나를?

—네. 쌤 눈을. 이렇게 쳐다봤는데 쌤이 모른 척했어요.

주연이 눈을 동그랗게 떴다. 아마 입술도 동그랗게 오므렸겠지. 수현이 아는 얼굴이었다. 나를 보라고, 반갑다고, 온 힘을 다했을 주연을 상상하니 수현은 기쁘면서도 미안했다. 내가 그랬나. 모른 척을 했나. 왜 그랬지.

주연은 다음 날부터 쉬는 시간이 되자마자 세탁실로 달려와 수현을 도왔다. 고무장갑도 끼지 않은 손으로 야무지게 걸레를 빨면서, 쓰고 있다는 소설에 대해 두서없이 이야기하고 의견을 물었다. 수현이 가르친 건 논술이었지만 주연은 논술도 자꾸 소설처럼 썼다. 수현이 생각을 정리해서 뭔가 말하기도 전에 쉬는 시간이 끝났다. 내일은 이 말을 해줘야지, 마음을 먹어도 주연의 이야기가 예측 불허로 튀는 바람에 소용이 없었다.

그런 날들이 보름쯤 지났을 때 교장이 수현을 불렀다. 교장은 걸레를 빨게 해서 미안하다 하면서도 걸레 때문에 사람을 더 뽑을 수는 없는 노릇 아니냐며 이해를 바란다고 했다. 그리고 서랍에서 덴탈 마스크 한 통을 꺼내 수현의 앞에 놓았다.

—교육청에서 준 건데 나는 마스크가 충분히 있어서요.

수현은 조금 어리둥절한 채로 서 있다가 마스크를 받았다. 그래야 대화가 끝날 것 같았다.

―그리고…….

교장이 앉은 자세를 고치며 말했다.

―학생과 이야기를 할 거면 마스크는 코까지 딱, 올려주셔야 좋아요.

수현은 주연과 대화할 때를 떠올렸다. 내가 마스크를 내린 적이 있었나. 아니, 그런 적은 없다. 걸레 냄새가 고약해서 더 올려 썼으면 썼겠지. 그럼에도 수현은 알겠다고 했다. 교장이 하하, 소리를 내어 웃었고 수현은 같이 웃을 마음이 들지 않아 불편했다. 교장은 언제 한번 맛있는 점심을 사주겠다고 했다. 자비를 써서. 근처에 맛집이 많으니까. 수현은 사양했다. 이번에는 애써 눈웃음을 지었다. 잠시 침묵이 흘렀고 나가보라는 교장의 말에 복도로 나온 뒤 수현은 이마에 열이 오르는 걸 느꼈다. 이 열은 어디에서 온 것인가. 수현은 교장실에서의 기분에 대해 생각했고, 열감은 쉬이 가시지 않았다.

여름이 지나는 동안에 새삼스럽게 나쁜 뉴스는 없었다. 모든 학교가 2학기가 되면 전면 등교를 하게 될 거라고 했다. 방과 후 수업에 관한 이야기는 없었지만 그것도 곧 잘 풀리지 않을까, 수현은 기대했다. 그러나 2학기 개학 직전에 세상은 다시 쑥대밭이 되었고 수현은 망연히 뉴스만 봤다. 학교는 개학했으나 아무 연락이 없었다. 수현은 담당 교사에게 전화를 해봤다.

그는 전화를 받지 않았고 한참 뒤에 문자메시지를 보냈다. 좀 기다려주시겠어요? 기다리라고 하니 기다릴 수밖에. 그런데 뭘 기다리라는 걸까. 내가 무슨 말을 할 줄 알고? 어쨌든 기다렸으나 연락은 오지 않았다.

기다리던 연락 대신 수현이 받은 것은 아버지의 전화였다. 마지막으로 본 이후로 1년 만이었는데 전화번호가 바뀌어 있었다. 수현은 봄과 여름을 지내며 아버지에게 여러 번 전화를 했고 살던 곳에 찾아가기도 했으나 헛걸음이었다. 어디서 병에 걸려버린 건 아닐까 생각한 적도 있었다. 아버지는 건강하다 했다. 그것이 수현을 화나게 했다. 늘 건강하지, 건강은 하지. 아버지의 건강이 수현을 진저리 치게 했다. 아버지가 만나자 했고 수현은 싫다고 했으나 결국 만났다. 동자동 스타벅스에서 아이스 아메리카노 두 잔을 테이크아웃 해서 서울역 계단에 앉았다.

─스타벅스 것이 쌉쌀하니 제일 낫더라. 아주 진해.

수현은 아버지가 아메리카노를 좋아할 줄은 몰랐다. 광장에는 태극기와 성조기가 펄럭였고 확성기를 들고 뭔가를 외치는 사람이 보였다. 수현은 무표정하게 아버지의 이야기를 듣다가 마지막엔 화를 내고 지하철을 탔다. 노량진을 지날 즈음에야 진정이 됐고 가방에 있던 덴탈 마스크를 주지 않았다는 게 생각났다.

2

　수현이 지리산에 갔던 것은 일곱 살 때였다. 수현의 가족은 92년식 은색 엑셀을 타고 산속으로 깊이, 아주 깊이 들어갔다. 차는 좌로 우로 머리를 흔들며 오르막길을 끝도 없이 올랐다. 어른 둘에 아이 하나, 거기에 더해 먹을 것과 입을 것, 잘 때 필요한 것까지 실은 낡은 차가 힘겨워하고 있다는 것을 어린 수현도 알 수 있었다. 수현이 태어나던 해에 만들어진 엑셀의 차량번호는 5401이었다. 5401. 5에서 4를 빼면 1이 남는다. 수현의 산수 실력이 거기에 도달했을 즈음 차는 이미 낡을 대로 낡아 있었다. 수현의 아버지가 차를 워낙 험하게 다뤄서였다. 그 산길에서도 아버지는 무리해서 차를 몰았고, 기침하듯 터지는 엔진 소리에 수현의 마음은 불안해졌다. 수현은 어머니가 입에 물려준 마른오징어를 씹고 또 씹다가 체했다. 두어 번 토하고 완전히 지쳐버린 수현은 차창에 이마를 대고 나뭇잎이 뿜는 초록빛을 무력하게 바라봤다. 그건 색깔이라기보다 왕성한 기운에 가까웠고 수현은 그것에 깔려 죽는 상상을 했다. 카 오디오에서는 최백호의 〈낭만에 대하여〉가 반복 재생되고 있었다. 잃어버린 것과 다시 못 올 것에 대한 그 노래의 가사를 수현은 싫어했고, 지금까지 잘 외운다.

그 여행에서 수현의 가족은 필름 세 통을 꽉꽉 채워 사진을 찍었다. 그 사진들 속의 수현은 아주 건강해 보인다. 엑셀이 망가져가는 만큼 수현이 쑥쑥 자란 것이었다. 수현과 엑셀의 반비례 관계를 짚어준 건 어머니였다.

―네가 태어나자마자 아버지는 그 차를 뽑았고, 1년 만에 사고를 내더니 그다음부터는 마구 다뤘다. 네가 걷고 말하고 체중이 느는 동안 차는 자꾸 망가졌지. 계속 그랬어. 차를 몰 때 뭔가에 홀린 사람 같았다. 얼이 빠진 사람 같기도 했고 화가 난 사람 같기도 했어. 그러니까 내가 그런 생각을 하게 된 거야. 저주가 씐 거라고. 뭐랄까, 아주 개 같은 일이 일어난 거지.

저주이거나 말거나, 개 같거나 아니거나. 그 여행에서 수현의 아버지는 아버지로서 열심히 사진을 찍어주었다. 수현은 종종 그 사진들을 보곤 했는데 감정의 동요는 없이 그냥, 그 며칠 동안 배운 것만 떠올릴 뿐이었다.

물소리를 들으며 먹는 라면이 정말 맛있다든가, 젖은 옷을 입은 채로 볕에 앉으면 졸음이 온다든가, 짤막한 비로도 계곡물은 빠르게 불어난다든가, 그리고 빠르게 움직이는 것은 재미있고 느리게 움직이는 것은 아름답다든가, 멈춰 있는 것은 슬프고 가려진 것은 무섭다든가. 수현이 그런 걸 배웠다는 것을 수현의 부모는 몰랐다.

피서에서 돌아온 날 엑셀의 타이어에는 못이 박혀 있었다. 수현의 가족은 그걸 집에 도착한 다음에야 알았다.

─대체 얼마나 이러고 온 거야.

어머니가 타이어를 꾹꾹 밟는 동안 아버지는 차 옆에 쪼그려 앉아 담배를 피웠다.

─오래 참아서 그런가 되게 맛있네.

연기는 모조리 수현에게 갔다. 수현은 그게 전혀 맛있지 않았다. 연기가 오지 않는 쪽으로 피했지만 계속 따라왔다. 며칠 뒤 아버지는 타이어를 바꿔 끼워놓지도 않고 사라졌다.

그 여자와 함께였다. 수현의 어머니는 그 여자를 '년'이라고 하고 싶었지만 수현의 눈치를 봐서 '여자'라고 했다. 처음에는 좀 어려워했지만 결국 적응했다. 그러나 그 때문에 마음의 병이 커졌고 이유 없이 자주 앓았다. 수현은 어머니가 실컷 욕을 하고 화를 냈다면 어땠을까, 지금보다는 많은 게 낫지 않았을까, 생각했다.

아버지는 2년 만에 개털이 됐다. 그 여자에게 꽤 진심이었으나 그녀는 전혀 아니었고, 빼먹을 것 없어진 아버지는 보증을 얻어맞고 쓰러졌다. 때때로 찾아와 돈을 꿔 갔으나 아버지가 다시 일어날 수 있을 만큼의 돈이 어머니에게 있을 리 없었다. 아버지의 인생은 데굴데굴 굴러떨어져 쪽방과 노숙을 오가는 신세가 되었다. 어머니는 술에 취할 때마다 수현에게 아버지의 소식을 전했다. 수현은 그걸 듣는 게 정말이지 싫었고 아버지의 소식을 모르고 사는 게 소원이 되었다. 수현의 소원은 열여덟 살 때 이상하고 잔인한 방식으로 이루어졌다. 어머니가 돌아가신 것이다.

3

겨울이 되면 혜연은 결혼을 할 것이고 이제 두 사람은 한집에서 살지 않게 된다. 이것은 일종의 이별 여행이구나. 수현은 가야 할 거리가 지나온 거리보다 짧아진 내비게이션 화면을 가만히 보았다. 월세를 나누어 내던 혜연이 집을 떠나고 나면 수현의 생활은 그만큼, 어쩌면 그 이상으로 기울 것이다. 그걸 모를 리 없는 혜연은 자기 몫의 보증금을 두고 나가겠다고 했다. 혜연이 오래 고민한 일이었다.

―죽어도 싫어.

수현이 말했고,

―그럼 죽든가.

혜연이 말했다. 며칠 냉전을 벌였으나 혜연이 이겼다. 뭐가 이리 구질구질할까. 수현은 어쩔 수 없이 아버지를 떠올렸다. 혜연이 수현의 굳은 얼굴을 봤다. 익히 아는 표정이었다. 혜연은 무슨 말을 하려다가 관두었다. 대신에 노래를 틀었다. 우리에게 다가온 빛을 잃고 싶지 않다고, 어리지만 단단한 목소리가 부르는 노래였다. 수현은 혜연이 그 노래를 왜 틀었는지 알았다. 11년 전의 주말이었고 기숙사 207호에서 집에 가지 않은 사람은 둘뿐이었다. 그 노래를 몇 번이고 같이 듣던 밤에 수현은 처음으로 남 앞에서 울었다.

수현은 집안에 드리운 그늘에서 탈출해 도시의 고등학교에 입학하는 데 성공했으나 한 학기를 넘기지 못하고 다시 외로워졌다. 더위가 시작되던 5월의 점심시간에 수현의 반 친구들은 물장난을 쳤다. 수도꼭지를 손가락으로 막아서 사방에 물이 튀게 하거나 양동이에 물을 가득 받아 서로에게 끼얹었다. 수현도 같이 놀았다. 집을 나온 건 정말 잘한 일이다, 나는 달라졌다, 그리고 더 달라져서 이 재미난 것들을 계속 가질 것이다, 생각하고 있는데 갑자기 퍽, 뭔가 묵직한 것이 수현의 뒤통수를 쳤다. 친구의 손에서 미끄러진 2리터 물통이 수현에게 날아간 것이었다. 친구가 수현에게 사과하러 왔다. 수현은 친구의 뺨을 때렸다. 뭐라고 낮게 욕도 했다. 물놀이는 끝이 났고 수현은 혼자가 됐다. 때린 것보다 욕을 한 것 때문에 소문이 안 좋았다. 수현의 기억에는 없었지만 들었다는 아이가 많았던 그 욕은 어머니가 자주 하던 것이었다. 왜 그 애에게 욕을 했을까. 수현은 이유를 알고 있었다. 익숙해서였다. 뒤통수를 맞는 것이. 하지만 이제 참으면서 살지 않기로 했으니까 때리고 욕을 한 거야, 나에게 맞고 욕을 먹는 사람이 누군지도 모른 채로.

수현의 이야기를 듣고 혜연이 노래를 들려주었다. 왜 그 노래였냐면, 혜연이 그때 가장 좋아하던 것이어서였다. 좋아하는 사람, 좋아하는 음식, 좋아하는 장소. 모든 좋아하는 것들을 다 가져와도 제일 좋아했던 것은 그 노래여서, 수현에게 주었다.

혜연도 그날과 그 노래에 대해 종종 떠올렸다. 암시가 있었지. 우리가 오랜 세월을 함께 살아가게 될 것이라는. 그리고 그 일은 혜연의 예감보다 빨리 왔다.

그 밤, 207호의 룸메이트들은 모든 것을 걸고 혜연의 탈출을 도왔다. 혜연의 뺨에 물든 빛깔이 의미하는 것은 의심의 여지 없이 사랑이었다. 룸메이트들은 흥분했고 수현도 그들 사이에 껴서 커튼을 떼고 수건을 묶어 밧줄 비슷한 것을 만들었다. 혜연은 혹시 모를 사고에 대비해 체육복을 있는 대로 껴입었다. 창문으로 밧줄을 내리고 다섯 사람이 단단히 붙들었다. 수능을 50일 앞둔 고3 언니도 있었다.

—다녀올게.

혜연이 창문에 매달렸다. 비장한 복숭아 같은 것이 된 혜연은 그러나 쿵, 하고 바닥에 처박혔다. 혜연이 1분 정도 꼼짝하지 않는 동안 수현은 숨도 제대로 쉬지 못했다. 3학년 언니가 필통에 든 것을 하나씩 던졌다. 점보 지우개가 혜연의 엉덩이에 맞았다. 그제야 혜연은 움찔움찔 일어나 팔다리를 몇 번 주물렀다. 수현과 룸메이트들은 소리 죽여 손뼉을 쳤다. 혜연은 체육복을 벗고 교문을 향해 달려갔다. 달밤이었고, 바람이 불어 교문 앞 가로수 길의 은행잎이 폭죽처럼 날렸다. 수현은 혜연과 은행잎을 분간할 수 없을 때까지 계속 지켜봤다.

다음 날 돌아온 혜연은 고열에 시달렸다. 사랑의 열병이란 과연 무서운 것이라고 수현은 생각했으나 혜연이 앓은 건 신종플루였다. 혜연은 곧바로 격리되어 일주일간 등교하지 않았다. 학교로 돌아왔을 때 혜연은 학생부로 불려 갔다. 그곳에는 207호의 모두가 모여 있었다. 혜연의 기숙사 퇴사와 정학이 결정되었다. 품위손상 및 풍기문란. 외박한 것도 모자라 호흡기에 병을 옮겨 온 게 이유였다. 수현은 대체 혜연의 어디가 문란하고 어디가 손상되었다는 것인지 이해할 수 없었다.

―너는 선을 넘어버렸어.

학생부장이 말했다.

―제가 넘었다는 선이 정확히 어떤 건가요?

혜연은 징계 수위를 낮출 수 있는 마지막 기회를 그렇게 날렸다. 학생부장의 얼굴이 묘한 빛으로 붉어졌다. 수현은 그의 얼굴 아래 확장된 혈관과 그 속을 빠르게 도는 피, 그걸 가능하게 하는 그의 상상을 가늠했고 속이 울렁거렸다.

혜연이 쫓겨난 다음에 수현도 기숙사를 나왔다. 혜연이 들려주었던 노래를 흥얼거리며 편의점과 갈빗집에서 돈을 모았다. 다음 학기가 되었을 때 혜연이 사는 원룸에 찾아갔고 같이 살게 해달라고 했다.

—일단 6개월 치.

수현은 월세가 든 봉투를 놓고 짐을 풀었다. 그게 시작이었고 둘은 12년을 같이 살았다.

4

숙소에 들어가기 전에 읍내의 마트에 들렀다. 진열대가 도둑이라도 맞은 것처럼 휑했다. 혜연은 마늘을 찾고 있었다. 저녁으로 수현이 좋아하는 알리오올리오를 만들기 위해서였다. 파스타는 챙겼고 올리브유도 챙겼다. 하지만 마늘을 깜빡했다. 그래도 마늘이 없는 마트는 없으니까 걱정하지 않았다. 고속도로를 빠져나오면서부터 봤던 광경에 불안하긴 했지만, 설마 하는 마음이었다. 그러나 마늘은 없었다.

—채소 없어요. 이 동네 어딜 가도 없어. 언제 들어올지도 모르고.

마트 주인은 웃으면서 말했다. '모르고'에는 음정도 넣었다. 그녀가 웃을 기분이어서 웃는 게 아니라는 걸 수현은 알았다.

그럼에도 웃다니. 저 여자가 부럽다. 나는 저런 상황에서 절대로 웃지 못할 거야. 아니지. '저런'이라고 할 것도 없다. 내가 올해에 겪고 있는 것들도 크게 다르지 않다. 억지로라도 웃어본 게 언제였나. 글쎄, 이렇게 되기 전에는 내가 잘 웃었던가. 그렇게 생각하니 수현은 스스로가 웃음을 잃은 사람처럼 느껴졌다.

장마 끝물에 태풍까지 올라오면서 폭우가 내렸고 산 아랫마을의 피해가 심각했다. 커다란 나무들이 부러졌고 포장도로 위에 흙덩이들이 불규칙하게 뭉쳐 있었다. 철골만 남은 비닐하우스 속의 식물들이 다 죽었고 영글지 않은 벼들이 한 방향으로 쓰러져 있었다. 그 와중에 하늘은 맑아서 땅 위의 모든 것이 더욱 비극적으로 보였다.

수현은 마트 건넛집의 노인이 가전제품을 양지에 내놓고 앉아 있는 걸 봤다. 노인은 손안에 들어 있는 무언가를 입에 넣고 우물거리다가 이따금 퉤, 뱉었다. 그가 할 수 있는 일은 그것밖에 없는 것 같았다. 수현은 모든 것이 멀쩡해질 때까지 얼마의 시간이 필요할지 생각했다. 누군가의 삶은 완전히 복구되지 않는 게 아닐까. 자칫하면 이대로 끝장이 날 수도 있지 않을까. 이미 그렇게 된 사람도 있을 것이다. 여행을 온 것이 아니라 재난을 확인하러 온 것 같았다. 추상이 아닌 실제로서의 재난이었다. 똑바로 보라고. 이것은 현재이자 미래다. 수현은 혜연의 차에 켜진 에어컨을 껐다.

　—이런 것에 관해 써보면 어때?

　—뭘?

　—비가 너무 많이 와서 마트에 마늘이 없고, 그래서 맥주만 잔뜩 사는 이야기?

　혜연은 수현이 더는 소설을 쓰지 않는다는 걸 알면서도 종종 뭘 써보라고 했다. 수현은 그 마음이 고마웠지만 고개를 저었다.

5

　합평 멤버들이 수현의 소설에 대해 내리는 평가는 비슷했다. 술과 담배로 쓴 것 같아. 그럴 수밖에 없었다. 쓰다 보면 어느샌가 아버지의 무엇들이 슬그머니 나타났으니까. 수현은 그게 싫어서 아등바등해봤지만 아버지에 관해 쓰지 않으면 글이 앞으로 나아가지 않았다. 7년을 썼지만 달라지는 게 없고 좋아지는 것도 없어서 수현은 소설 쓰는 일을 그만두었다. 그럼에도 그 경험은 강렬한 것이어서 어느 때고 수현의 머릿속엔 세계가 꾸려지고 인물이 움직이곤 했는데 이야기에 이야기를 덧대어 이어가다 보면 결국은 아버지의 조각이 등장했다.

이를테면 이런 것이었다.

어머니의 장례를 치른 뒤 홀로 겨울방학을 보내고 있을 때 담배를 배웠다. 잘 먹지도 않고 담배를 자주 피웠는데 집에 찾아온 아버지가 그런 나를 봤다. 아버지는 내 따귀를 때렸다.

"쪼그만 년이 어디서 담배질이야."

나는 아버지를 노려봤다. 쪼그만 게 문제야, 년인 게 문제야. 뭐가 문제든 당신이랑 무슨 상관이야. 그런 눈으로 아버지를 봤다. 아버지가 반대쪽 따귀도 때렸다. 처음보다 더 세게 때린 탓에 중심을 잃고 넘어질 뻔했다. 이를 꽉 물고 버텼다.

"나도 끊은 담배다. 네가 이걸 왜 피우는 거냐."

아버지의 목소리가 전에 없이 단단해서 나는 웃음을 터뜨렸다. 아주 대단한 일을 해낸 것처럼 구는 아버지가 우스웠다. 어쩌면 금연은 아버지에게 남은 유일한 자랑거리인지도 몰랐다. 그것이 너무 하찮게 느껴졌다. 어차피 다시 피울 거면서. 내 예상은 틀리지 않았다. 어머니가 남긴 얼마 안 되는 돈을 야금야금 쓰며 지낸 아버지가 다시 사라진 뒤, 방구석에는 담배꽁초로 가득한 소주병 세 개가 남았다. 초록색 병 안에는 번식이라도 한 것 같은 꽁초들이 가득했다. 그것은 아버지의 인생과 비슷했다. 나는 그날 이후로 담배를 피우지 않았다.

라거나,

전남편은 나에게 같이 살 방법이 없겠느냐고 물었다.

"이젠 도저히 다른 수가 없다."

그는 서울역 광장에서 소리를 치거나 싸움을 하는 사람들이 부럽다고 했다.

"저런 기력이 나에게도 좀 남아 있었으면 좋겠어."

동자동 쪽방에서 지낸 지 10년이었다. 수급 받은 돈의 절반을 1평 남짓한 방의 월세로 냈다. 무릎을 반쯤 굽혀야 누울 수 있는 그 방에서 그는 술을 먹고 담배를 피우고 소리 높여 노래를 불렀다. 편의점 도시락으로 두 끼를 때우는 데 익숙했다. 그는 그 생활에 완전히 적응했고 편안함을 느꼈으며 편안해하는 자신을 싫어했다. 이해가 되지 않았고 이해하고 싶지도 않았다. 당신의 삶은 온전히 당신이 택한 것들의 결과가 아닌가. 다른 방식으로 늙어갈 수도 있었을 텐데? 이를테면 나와 함께……. 아니, 생각하지 말자.

"말이 되는 소리를 해라."

나를 붙들려는 그의 손아귀에 힘이 없었다. 그의 눈이 내 뒤를 간절하게 좇고 있을 것 같아서 돌아보지 않았다. 그러면서도 계속 상상하게 되었다. 주민 센터 앞에서 쪽방 개보수 반대 시위를 하는 그, 외치다가 숨이 차면 더러워진 마스크를 턱까지 내리는 그, 그런 그를 피하거나 손가락질하는 누군가. 그 누군가를 생각하니 화가 났다. 대체 왜 화가 나지? 이유를 찾자면, 그것은 나와 나의 아이들을 향한 것이었다. 나는 그를 욕할 수 있지만 누구에게나 그럴 자격이 있는 건 아니었다. 그는 둘도 없는 개자식이 맞지만, 개자식을 아빠로 둔 애들은 뭐가 되며 개자식과 살을 맞댄 나는 또 뭐가 되나. 나에게 당신의 비참함을 보이지 말아줘. 제발 나 모르는 데서 죽으라고. 마스크로 가린 입으로 되뇌었다.

'후기 자본주의와 도시 빈민, 세대 갈등과 가부장적 부계 사회, 도심 속의 디아스포라, 환대의 가능성에 관한 탐구 같은 걸 담아보려고 했습니다'라고 포장해봐도 수현의 소설 속 남자들은 그냥 아버지의 흔적이었다. 상상이 아니라 기억에 기대어 쓰는 것일 뿐. 그것은 소설이 아니고, 뭣도 아니고, 누가 알아야 할 중요한 것 따위 없는, 그냥 한숨 같은 것. 수현은 그런 것을 다시 쓰고 눈으로 보면서 자신을 괴롭히는 일을 더 하고 싶지 않았다. 그런 일과 기분은 지금까지의 수현에게 이미 너무 많았다.

6

숙소에 도착했을 때는 저녁이었다. 산속이라 해가 금방 졌고 어두컴컴한 산길을 달리느라 두 사람 모두 전신에 힘이 잔뜩 들어갔다. 숙소 건물은 계곡 중류의 제방 위를 지나가야 하는 위치에 있었다. 물 위로 운전을 하는 건 처음이었던 혜연이 차를 세우고 숨을 골랐다. 으랏, 하며 혜연이 액셀러레이터를 밟았다. 바퀴가 물을 가르는 소리가 들렸다. 물방울이 운전석과 조수석 창문에 후드득 튀었다. 제방을 건넌 다음 두 사람은 안도의 숨을 쉬었다. 수현의 손안에서 맥스봉이 으깨어져 찝찌름한 냄새가 진동했다. 혜연이 먼저 웃었고 수현이 따라서 조금 웃었다. 차는 다시 느릿느릿 움직여 좁은 오르막길을 올랐다. 숙소 앞에 누렁이 한 마리가 꼬리를 흔들고 있었다.

두 사람은 방에 들어가 샤워하고 컵라면을 먹었다. 에어컨을 약하게 틀고 이부자리에 누워 허리를 폈다. 무척 편안해서 금세 잠이 들었다. 먼저 깬 수현이 TV를 켰다. 뉴스 화면에는 교회 사진과 태극기를 든 노인들을 편집한 영상이 백 단위의 숫자와 함께 나왔다. 그 소리에 혜연이 깼고 수현은 TV를 껐다. 어떤 이야기가 떠오를 것 같아서였다. 혜연이 기지개를 켜고 테라스로 나갔다.

—여기서 별을 보면 그렇게 좋대.

혜연이 말했다. 하지만 구름이 껴서 별은 보이지 않았다. 혜연이 심상한 얼굴로 맥주를 가져왔다. 두 사람은 테라스의 탁자 앞에 무릎을 안고 앉아서 맥주를 마셨다. 풀벌레 소리가 크게 들렸다.

─어?

하늘을 본 건 수현이었다. 구름에 빛이 비치고 있었다. 수현은 그것이 별인 줄 알았으나 아니었다. 빛은 구름 사이에서 나오는 반짝이는 것이 아니라 구름을 비추는 넓고 둥근 것이었다. 테라스 밖으로 고개를 빼 보니 헤드 랜턴을 쓰고 다슬기를 잡는 사람들이 보였다. 그들이 한 번씩 허리를 펼 때마다 빛이 하늘로 올라갔다.

컹, 컹.

누렁이가 하늘에 대고 짖었다. 수현과 혜연은 누렁이에게 가서 맥스봉을 줬다. 누렁이는 수현의 손바닥까지 핥았다. 두 사람은 누렁이와 한참을 더 놀았다.

수현과 혜연은 숙소에서 주는 빵과 커피로 아침을 먹고 절에 갔다. 원래의 계획은 물놀이를 하는 것이었으나 상류로 올라갈수록 읍내에서 봤던 풍경이 떠올랐다. 그냥 돌아갈까 했는데 절이 나왔고 들어가보기로 했다. 혜연은 앞마당에 있는 보물들을 구경했고 수현은 대웅전에 들어가 7배를 했다. 절을 하고 나가려는데 휴대전화에 메시지 알림이 떴다. 수현은 서늘하고 어두운 법당에 서서 메시지를 읽었다. 뭐라고 답장을 하나, 전화해봐야 하나, 고민하다가 또 무슨 이야기가 떠오르려고 해서 화면을 껐다. 기억과 예감이 수현의 감은 눈 아래에서 어지럽게 뒤얽혔다.

─뭐 하고 있어?

수현의 가까이로 다가온 혜연이 말했다. 혜연은 밝게 웃고 있었다. 수현은 그 순간, 자신이 그 얼굴을 얼마나 보아왔는지 생각했다. 혜연의 웃는 얼굴에 대해 생각하는 일이 아주 중요하게 느껴졌다. 수현은 밖으로 나와 혜연의 옆에 섰다.

─저기 가보자.

혜연이 가리킨 곳은 절 입구의 다원이었다. 수현과 혜연은 손을 잡고 다원에 가서 국화차와 약밥을 시켰다. 커다란 유리창 너머로 대나무 숲이 보였다. 수현은 댓잎이 바람을 따라 움직이는 걸 보다가 깜빡 잠이 들었다. 짧은 잠을 자는 동안 긴 꿈을 꿨는데 깨어보니 기억이 나지 않았다.

숙소로 돌아온 뒤에는 1층의 카페테리아에서 맥주를 마시며 오후를 보냈다. 다른 투숙객은 오지 않아서 낮술을 계속 마셔도 부끄러울 일이 없었다. 수현보다 술이 약한 혜연은 붉어진 얼굴로 드레스 투어 예약, 야외 촬영지 검색을 했고 예비 신랑과 한 시간 정도 통화했다. 혜연의 언성이 높아지다가 결국에는 다정하게 가라앉는 걸 들으면서 수현은 휴대전화를 봤다. 오전에 받은 메시지에 답을 했고 연락은 더 오지 않았다. 전화기를 내려놓고 테이블에 놓인 스노볼을 들었다. 빨간 포장지에 금색 리본을 묶은 선물 상자와 크리스마스트리가 받침 장식이었고 그 위의 볼에는 초록색 목도리를 두르고 산타 모자를 쓴 사슴이 웃고 있었다. 그것을 조금 흔들자 가라앉아 있던 가루가 일어났다. 수현은 스노볼을 뒤집었다가 손바닥 위에 올려놓았다. 반짝이는 것들이 사슴의 발아래에 느릿느릿 쌓였다. 그 빛깔과 속도가 좋아서 수현은 계속 스노볼을 뒤집었다 놓은 뒤 안을 들여다보았다.

7

저녁으로 파스타를 먹었다. 냉장고를 열어보니 채소 칸에 마늘이 있었다. 숙소를 관리하는 사람들의 것인 듯했다. 마늘 말고도 여러 가지 채소가 있었다. 혜연은 그 앞에 무릎을 꿇고 잠시 고민하다가 마늘 다섯 알을 집었다. 혜연이 수현에게 마늘을 내밀었다. 수현은 그 마늘을 받고 다섯 알을 더 꺼내서 주방으로 갔다. 마늘이 있으니 파스타는 금방 완성되었다. 두 사람은 킥킥, 웃으면서 한 접시씩을 비웠다.

—맛있다.

수현이 말했다.

—훔친 마늘이라 더 맛있네.

혜연이 말하고서 남은 맥주를 마셨다.

컹.

창밖에 누렁이가 꼬리를 쏠며 앉아 있었다. 혜연이 밖으로 나가 누렁이를 쓰다듬었다. 수현은 턱을 괴고 그 모습을 보았다. 마지막 남은 맥주 캔을 따자 거품이 손으로 흘러넘쳤다. 수현은 그것을 닦지 않았다. 눈을 감고 손을 귀로 가져갔다. 토도도독. 기포가 터지는 소리가 들렸다. 알싸한 향이 코로 들어왔다. 수현은 맥주를 들고 테라스에 앉았다. 멀리서 혜연의 웃음소리와 누렁이가 짖는 소리가 들렸다. 휴대전화에 메시지가 왔다. 주연이 보낸 것이었다. 수현은 썼다 지우고 썼다 지우다가 짧은 답을 보냈다. 웅, 선생님도 그러네. 수면에 노을이 내리기 시작했다. 수현은 나지막이 노래를 흥얼거렸다. 노을은 천천히 내려왔다가 빠르게 사라졌다. 이런 것에 관해 써보면 어떨까, 수현은 생각했다. 어둑해진 강 건너편에 혜연과 누렁이가 걸어가고 있었다.

* 이 소설에 참고한 자료는 다음과 같다.

김경희, 「12만 방과후 강사들은 개인사업자가 아닙니다」,
『작은책』 2020년 10월호.

한소영 · 탁장한, 「쪽방거주의 지속에 내재된 주민들의
이중심리 분석」, 『서울도시연구』 제8권 제1호, 2017. 3.

길을

건너려면

감자랑 고구마만 먹고 살아도 된다더니.

영주의 말을 온전히 믿었던 건 아니었다. 그 말에 담긴 것, 욕심 없이 잔잔하게 같은 방향으로 걸어가자는 마음, 그 소박하고 단단한 진심에 감동했을 뿐. 그러나 지금의 영주가 하는 이야기들은 전혀 다른 것이었다.

―난 항상 진심이야. 물론 지금도 진심이고. 하지만 진심이 바뀔 수도 있는 거잖아?

영주는 진심이 바뀐 이유를 '진실을 봤기 때문'이라고 설명했다. 영주가 본 진실은 간결한 단문이었지만 나에게는 불가해한 명제였다.

―다들 쉽게 돈을 벌고 있어. 우리만 빼고.

―누가 그래?

—우리 부서 정 과장만 해도 그래. 그 사람이 가진 아파트가 자그마치 세 채야. 그중에 하나는 강남에 있대. 그 사람 월급이 우리보다 많아봤자 얼마나 많겠어. 그 사람이 그러더라. 부동산 가격은 무조건 우상향이라고. 대출 좀 받아서 똘똘한 한 채 깔고 앉으면 감자, 고구마를 트럭으로 낳을 수 있다니까.

영주는 우리의 한때를 '낭만이나 파먹던 시절'이라고 했다. 우리가 너무 어렸다고.

감자와 고구마의 기원은 1주년 기념이었던 강원도 여행 때로 거슬러 올라가는데, 속초에서 고성으로 가는 길의 바깥 풍경에 반한 영주가 순간의 행복을 담아서 한 말이었다. 그 이후로도 영주는 최대치의 행복과 만족을 느끼는 순간에 감자와 고구마를 찾았다.

—철이 없었지. 감자랑 고구마 캐고 사는 것도 돈이 있어야 하는 건데. 강원도도 아파트 짓느라 난리인 지 오래됐고.

강원도도 그렇게 됐나. 나는 몰랐다. 어쨌든 영주의 요지는 대출을, 내 기준에서는 무서울 정도로 크지만 영주에게는 남들 다 받는 만큼인 대출을 받아 집을 사자는 것이었다.

—다들 그러고 살아.

과연 그런가. 언젠가는 하게 될 일이라 생각은 했지만 이렇게 빨리 올 줄은 몰랐다. 300에 30 원룸에서 500에 45 투 베이로, 다시 3천짜리 투룸 전세로 집 크기를 늘려왔던 나에게 5억을 호가하는 아파트를 사는 일은 너무 급작스러웠다.

—일단 처음이니까 전세가 낫지 않을까?

내가 물었다. 영주가 말한 아파트는 전세도 비쌌지만 어쨌든 사는 것보다야 대출을 적게 받아도 될 것이고, 집값 떨어질 걱정도 없으니까 좋지 않겠느냐고. 영주는 그것도 철이 없는 생각이라 했다.

—집주인은 천사야? 집값이 오르는데 전셋값을 그대로 두겠어? 그리고 그 돈 빌릴 바에야 더 받아서 내 집 사고 말지.

영주는 자꾸 억, 억 하다 보니 억이 우스워 보이는 모양이었지만 우리가 사람답게 살면서 1억이라도 모으려면 빨라야 5년이었다. 게다가 아이라도 생기면…….

—모으는 게 문제가 아니야. 아파트 사면 1억이 뭐야, 3억도 벌 수 있다니까?

영주는 얼굴에 홍조까지 띠었다. 안색이 잘 안 변하는 영주가 그렇게까지 된다는 건 정말 답답하거나 화가 났다는 뜻이었다. 그런데도 내 입에서는 알겠다는 말이 안 나왔다.

—이 동네 아직 비조정 지역이야. 주담대를 70퍼센트까지 받을 수 있다고. 신용대출로 우리 둘이 합치면 1억 2천은 더 받을 수 있을 거야. 그래도 모자라는 건 자기 교직원공제회 생애 첫 대출로 막으면 돼. 어때? 별것도 아니잖아.

그래서 한 달에 얼마씩을 갚아야 하는 거냐고, 그중에 은행이 가져가는 이자는 또 얼마냐고 묻지 않았다. 따져 묻기엔 내가 그쪽으로 아는 게 너무 없었다. 물어본들 영주의 마음이 바뀔 것 같지도 않았다. 나는 내가 정말 철이 없는 건가, 속으로 물으면서 빚이란 건 없이 사는 게 좋은 거 아닌가, 영주가 싫어할 생각만 했다. 학자금대출을 털고 홀가분했던 날들, 내가 먹을 음식을 사면서 길고양이 사료도 최고급으로 살 수 있었던 날들, 여차하면 정말로 감자와 고구마를 캐 먹겠다던 영주를 보며 느낀 편안함, 그런 건 이제 없어지는 건가. 그런 생활과 작별할 용기가 생기지 않았다. 빚도 재산입니다. 어떤 래퍼가 그렇게 말하는 걸 듣고 웃었지만, 맘 편히 웃을 수 있었던 건 어디까지나 내 일이 아니었기 때문이다.

B고등학교로 발령을 받고 근처로 이사할 때 마음이 들떴다. 지은 지 20년이 넘은 빌라의 상태가 좋을 리 만무했으나 입지는 아주 좋았다. 오르막길을 제법 올라가야 했지만, 큰길로 내려오면 길 건너에 호수 공원이, 공원 입구 옆으로 맥도날드와 스타벅스가 나란히 들어와 있었다. 집에서 도보로 10분 거리에 있는 H백화점, 그리고 백화점과 연결된 주상복합 G펠리스의 상권에 의해 형성된 것이었다. G펠리스는 지역에서 가장 비싼 아파트였다. 입주민들의 경제력과 구매력은 근거리에 대형 아웃렛까지 끌어들였다. 이사를 마친 뒤에 나와 영주는 맥도날

드에서 저녁을 먹고 스타벅스에서 커피를 산 다음 아웃렛과 백화점을 돌며 쇼핑을 했다. 와인과 치즈를 사고 CGV에서 영화를 봤다. 집에 돌아오는 길에는 공원을 한 바퀴 걸었다. 빛나고 깨끗한 것들과 가까이 살게 되어 행복했다. 백화점 주차장 앞에 꽉 막혀 있는 차들을 볼 때는 왠지 모를 우월감을 느꼈다. 영주도 나와 비슷한 생각을 하는 것처럼 보였다. 그러나 그건 내 착각이었다. 나와 같은 길을 걷고 같은 걸 보는 줄 알았던 영주는 부동산에 붙은 G팰리스의 가격을 유심히 보고 다녔다. 그리고 상상했다. 그곳에서 아침을 맞고 운동복 차림으로 나와 상가 내의 브런치 카페에서 아침을 먹는 자신의 모습을. 그 옆에서 아이 혹은 개를 안고 있는 나의 모습을.

담임을 맡게 된 아이들은 2학년이었다. 개학 날 첫 업무는 비상 연락망 작성이었다. A4용지 2매 문서에 27명의 사진과 주소, 전화번호를 입력해야 했다. 나이스(NEIS)를 열어 아이들의 사진을 내려받고 주소를 하나씩 써 넣었다. 그러고 싶지 않았는데 아이들이 어떤 집에 사는지에 자꾸 관심이 갔다. 가정 형편 같은 것을 먼저 알면 편견이 생길 수도 있다는 걸 알면서도 머릿속에 집과 집값에 관한 생각이 자꾸 일어났다. G팰리스에 사는 아이는 7명이었다. 그 아이들은 (그저 증명사진으로만 봤을 뿐인데도) 여유로워 보였다.

—비상 연락망 작성하는 중인가?

학년 부장인 유한수가 물었다. 뭔가 재미있는 이야기를 가진 사람처럼 웃으면서.

—아, 네. 그렇습니다.

—그래요. 천천히 해요. 근데 있잖아, 여기 학교 되게 재밌다?

—네? 어떤…….

—거기 G팰리스 일곱 명이지?

뭐 그런 걸 꿰고 있나 싶었다. 대답 대신에 고개를 살짝 끄덕였다.

—걔들은 다 착해요. 예쁜 애들이야.

—그렇군요.

—민들레는 몇 명이에요?

민들레는 학교 정문 맞은편에 있는 아파트의 이름이었다. 우리 반에는 12명이 거기에 살았다.

—열두 명? 아이고야, 많다.

민들레가 왜. 나는 어리둥절했다.

—걔들이 문제거든. 뭐, 내가 도와줄 테니 어려운 것 있으면 말해요.

그는 거기까지만 말하고 교무실을 나갔다. 담배를 피우러 가는 모양이었다. 옆자리에 앉은 김경미가 의자를 움직여서 파티션을 넘어왔다.

—민들레가 그렇게 많아서 어쩌나.

—저, 민들레가 많다는…… 그게 무슨 뜻이에요?

김경미는 유한수가 흘린 웃음의 의미까지 상세하게 설명해 주었다. 요는 이랬다. 학교가 처음 생기던 때 이곳은 행정구역 통합 전이라 시 외곽에 속해 있었다. 택지조성 사업으로 민들 레 아파트의 여덟 단지가 들어왔고 우리 학교와 함께 중학교와 초등학교도 개교했다. 그게 30년 전이었다. 당시에는 민들레 아파트 주민의 자녀가 학생 정원의 대부분을 차지했다. 10년 이 흐른 뒤에는 우리 시와 접해 있던 읍과 면이 도시에 속하게 되었고 시골 아이들이 민들레 아이들과 섞이게 되었다. 민들레 아이들의 생활수준과 학력은 시골 아이들을 압도했다. 학교와 마주 보고 있어서 '군자대로(君子大路)'의 느낌이 있었다는 것 이다. 하지만 시간은 또 흐르고 민들레 아파트의 가치가 떨어 지자 주민들의 경제 수준이 낮아졌고, 학력이 떨어지는 아이들 이 입학하게 되었다. 국가 수준 학업 성취도 평가 결과 때문에 교육청에서 골머리를 앓을 정도였다고 했다. 상황이 반전된 것 은 다시 10년 뒤의 일이었다. 허허벌판 같던 학교 뒤쪽에 G팰 리스가 들어온 것이었다. G팰리스 주민들은 단지와 연결되는 초중고 학군을 요구했는데 지자체에서 중학교까지와 근린공원 을 지어주는 것으로 합의안을 내놓았고 그게 받아들여졌다. 그 리하여 민들레와 G팰리스의 아이들은 1킬로미터 반경 내의 서로 다른 초등학교와 중학교를 졸업한 뒤 B고등학교에서 만나게 되었다.

　—사진만 봐도 좀 다르죠? 근데 직접 보면 더 달라요. 애들이 뭐랄까, 총기가 있어. G펠리스 애들이 그래요.

　김경미는 말을 마치고 웃었다. 나는 그 웃음 속에서 더 많은 말을 들은 것 같았고 기분이 불쾌해졌다. 색안경을 끼고 애들을 보면 안 되지, 같은 말을 하는 교사들을 '지 혼자 페스탈로치'냐며 마음속으로 밀어내기도 했었지만, 이건 좀 너무하다 싶었다. 괜히 G펠리스 아이들에게까지 편견이 생길 것 같았다. 결정타를 날린 건 담배 냄새를 풍기며 돌아온 유한수였다. 그는 김경미의 이야기가 끝나갈 즈음에 들어와 이렇게 말했다.

　—그러니까 여기가 짬짜면 같은 학교인 거지. 아니다. 가격 차이로 보면 짬탕면이 맞겠네.

　그는 자신이 아주 재미있는 농담을 했다고 생각하는 것 같았다. 혼잣말처럼 짬탕면, 허허, 짬탕면, 되뇌었다.

　영주는 전에 없던 추진력을 보였다. 다른 사람이 된 것 같았다.

　—대출 받으려면 이제 슬슬 집 보러 다녀야 해. 내가 부동산에 전화해놨으니까 주말에 시간 비워.

　뭔가 핑곗거리를 만들어 미뤄보고 싶었지만 실패했다. 토요일 오후에 나는 영주와 G펠리스 상가에 있는 부동산 사무실에 갔다. 와인색 블라우스와 크림색 슬랙스를 입은 공인중개사가 코코팜을 내주었다.

　—신혼집 보시는 거죠?

　그녀는 척 보면 안다는 듯이 말했다. 말하는 투에서 주도권을 잡으려는 의도가 보였다. 나는 일단 경계를 했다. 이사를 반복하면서 배운 것이 있었다. 부동산 거래의 기본은 기 싸움이다. 수 싸움은 그다음. 집주인에게든 중개사에게든 절대 아쉬운 티를 내선 안 되고 내가 어떤 사람인지 들켜서는 안 된다. 그래야 조금의 손해도 보지 않는다. 하지만 영주는 그런 걸 전혀 몰랐다.

　—어머, 어떻게 아셨어요? 저희 좋은 집 좀 소개해주세요.

　영주는 생글생글 웃으며 코코팜을 마셨다. 나는 영주를 말리고 싶었다. 그런 것도 넙죽넙죽 마시는 거 아니라고.

　—여기 집들 다 좋죠.

　비싼 집들을 거래해서 그런지 중개사에게서 파는 사람 특유의 기운이 느껴지지 않았다. 딱 필요한 정보와 친절만 제공하겠다는 태도였다.

　—알죠. 그래도 조금이라도 저렴하고 깨끗한 집을 구하고 싶어서요.

　영주는 몸이 다는지 중개사 쪽으로 조금 다가앉기까지 했다. 중개사는 작게 미소를 짓고 자리에서 일어났다.

—가볼까요?

중개사의 뒤를 따라 걸으면서 나는 영주에게 말했다.

—그렇게 친절하게 굴 거 없어.

영주는 의아하다는 표정이었다.

—왜?

—왜긴 왜야. 큰돈 오가는 일인데 우리도 도도해야 대접을 받지.

영주는 어이없다는 듯이 웃었다.

—왜 웃어?

—자기야. 어차피 우리 빚내서 집 사는 거 저분도 알게 될 텐데 도도해서 뭐 해?

속에서 뭔가 울컥 올라왔지만 대답할 말을 찾지 못해서 잠시 멈춰 섰다. 하필 그때 중개사가 우리 쪽을 돌아봤고 나와 눈이 마주쳤다. 영주가 얼른 내 팔을 당겨 다시 걷기 시작했고, 중개사는 예의 그 미소를 한번 보인 뒤 돌아섰다. 나는 앞을 보고 있는 그녀의 표정이 어떨지 신경이 쓰였다.

우리는 세 시간 동안 네 개의 집을 구경했다. 처음 두 집은 25평이었는데 4억 9천, 5억 2천이었다. 교회 집사가 손녀와 둘이 사는 집에는 사람은 없고 큰 사이즈의 빨래 건조기가 거실에서 돌아가고 있었다. 안방에는 향을 피우는 냄새가 났다. 신혼부부가 전세로 사는 집은 거실에 비해 너무 큰 소파와 곳곳에 놓인 결혼사진 때문에 아주 좁아 보였다. 영주는 두 집 모두 마음에 들어 하지 않았다.

— 싼 게 비지떡인가?

— 5억이 싸다고?

— 6억보다는 싸지.

— 요즘은 6억도 비싼 거 아니에요.

잠자코 있던 중개사가 덧붙였다. 영주는 고개를 끄덕이고 다음 집을 보여달라고 했다. 다음 두 채는 30평이었다. 하나는 법인이 매입해서 리모델링 해놓은 집이라고 했는데 잘 팔리지 않아서 5억 5천에 내놨다고 했다. 단지 내 30평형 중에서는 가장 싼 집이었다. 영주는 들떠 보였고, 나도 반포기 상태로 따라갔다. 나머지 한 채는 6억 3천이었기 때문에 그 집이 영주의 마음에 들기를 바랐다. 하지만 그 집은 내 마음에도 들지 않았다. 현관과 거실은 은퇴한 노령의 골프 선수가 상패를 진열하고 살면 좋을 것 같은 금색 장식으로 가득했고, 벽과 기둥은 바로크 시대에 유행했을 것 같은 모양이었다. 어울리지도 않게 방의 벽지는 핑크색과 민트색이었다.

— 고치는 데 돈이 더 들겠잖아.

라는 말은 내 입에서 나왔다. 영주는 얼른 그 집에서 나가고 싶은 눈치였다. 마지막 집에는 4인 가족이 있었다. 문을 열자마자 목욕을 막 끝낸 것 같은 꼬마들이 알몸으로 인사를 했다. 아버지가 목욕 타월을 들고 쫓아와서 데려가려 했지만 애들은 요리조리 도망치며 "집 보러 오셨어요?", "어서 오세요!" 하고 높은 톤의 목소리로 말했다. 집은 네 채 중에 가장 괜찮았다. 층이 낮긴 해도 발코니를 확장해서 거실이 넓어 보였고 방향도 괜찮았다. 옵션으로 붙박이장과 팬트리를 넣어서 수납하기도 좋았다. 영주가 중개사와 함께 이곳저곳을 둘러보는 사이에 나는 주방에 있던 아이들의 어머니와 눈인사를 했다. 그녀는 몹시 지쳐 보였다. 정리되지 않은 머리카락, 민소매 옷이라 더욱 불거져 보이는 어깨와 쇄골의 뼈가 그녀의 웃음을 쓸쓸해 보이게 했다. 나머지 가족들에게 생기를 다 빼앗긴 사람 같았다. 나는 왠지 멋쩍어져서 안방으로 들어갔다. 언제 따라왔는지 아이들이 집 소개를 했다.

　─여기는 안방인데요. 엄마랑 아빠랑 우리 다 같이 자요. 화장실도 있고 물도 잘 나와요. 여기 베란다 대피 공간은 창고로 쓰면 돼요.

　아이들은 귀여웠다. 집을 보러 온 사람이 많았는지 주워들은 것 같은 말을 열심히들 했다. 나는 아이들을 향해 허리를 굽히고 말했다.

　─그래요. 집이 엄청 좋네.

여자아이가 큰 눈을 깜빡이며 고개를 끄덕였다. 남자아이가 내 어깨를 톡톡 건드렸다.

—아저씨.

—응?

—아저씨 힘세요?

—아니. 아저씨 힘없는데.

—우리 아빠 힘세요.

—좋겠다.

남자아이가 열려 있던 방문을 닫았다. 문 안쪽의 어른 눈높이 정도 되는 곳이 부서져 있었다.

—이거 어제 아빠가 부순 거예요.

남자아이는 속삭이듯 말했다.

—맞아. 주먹으로 쾅!

여자아이가 신이 나서 말했다. 목소리는 오빠를 따라서 작게 냈다.

집으로 돌아온 뒤 영주와 나는 다퉜다. 영주는 마지막 집을 계약하자 했고 나는 싫다고 했다.

—그 집 아저씨가 문을 부수는 사람이라니까?

—그게 뭐.

—뭐?

—우리가 그 사람이랑 살아?

—그래도 찝찝하잖아.

　　—찝찝할 게 뭐가 있어. 그냥 고쳐놓고 나가라고 하면 되는 걸.

　　나는 더 말하지 않았다. 모든 게 명백해졌기 때문이다. 대화의 양상이 평소와는 반대였다. 굳이 나누자면 문이 조금 망가진 것 따위 신경 안 쓰는 게 내 쪽이었고, 조금의 흠결도 못 참는 게 영주였다. 그러니 이것은 의지의 문제인 게 분명했다. 집을 사고 싶은 사람과 집을 사기 싫은 사람의 대립. 나는 확실하게 내 마음을 알게 되었고 영주도 그걸 알았으리라 생각하니 불안했다.

　　내 머릿속이 들끓거나 말거나 학교의 일정은 완전히 궤도에 올랐다. 아이들도 나도 서로에게 적응했고 수행평가와 모의고사가 다가왔다. 처음에는 학생을 차별하는 유한수에게 강한 반감을 품었으나 직접 아이들을 겪다 보니 유한수의 태도에는 문제가 있을지언정 판단만큼은 틀리지 않았다는 생각이 들었다. 담임교사로서 대하기에 G펠리스 아이들은 산천어도 살 수 있는 1급수 같은 학생들이었다. 보기에 아름답고, 발 담그면 시원하고, 급하면 떠 마실 수도 있는 맑은 물. 그에 비하면 민들레 아이들은……. 한번은 이런 일이 있었다. 우리 반에 수업을 다녀온 김경미가 쉬는 시간에 말했다.

　　—그 반에 세 명이 안 들어왔던데요?

모두 민들레 아이들이었다. 가장 반항적인 기운을 뿜는 우형재(중학교 럭비부 출신의 거구, 지역에서 같은 학년 최고의 파이터로 알려짐)와 이원도(우형재의 절친 같은 오른팔), 그리고 박하나(편모 자녀, 사실 얘는 이 무리에 왜 속했는지 알 수 없음)였다. 셋은 급식실 이전 공사장 뒤에서 담배를 피우고 있었다. 이원도가 나를 먼저 발견했고 다른 둘도 내 쪽을 봤다. 우형재가 느릿느릿 담배를 끄자 나머지도 따라 했다.

— 왜 수업을 안 들어가는 거냐.

— 그냥요. 그 쌤하고 안 맞아요.

우형재가 말했고, 이원도가 "맞아. 되게 안 맞아"라고 중얼거렸다. 나는 어안이 벙벙해졌다. '싫어요'도 아니고 '안 맞아요'라니. 뭐라 혼도 내지 못하고 교실로 돌려보냈다. 셋은 고개를 한 번씩 숙이고 갔지만 반성의 기미는 전혀 없어 보였다. 아주 색다른 일은 아니어서 마음에 크게 담아두지 않았는데 그래도 표정이 좀 굳은 채로 오후를 보낸 모양이었다. G펠리스에 사는 정영현(변호사 부부의 외동딸, 신경정신과 전문의를 목표로 학업에 매진 중, 학급 부실장)이 종례가 끝난 뒤에 교무실로 찾아왔다. 정영현은 비타500을 내 손에 쥐여주고 갔다. 비타500 병에는 '쌤 힘내세욧:)'이라고 적은 쪽지가 붙어 있었다.

영주와 화해를 하기 위해 H백화점에 갔다. 영 마음이 안 풀리는지 시큰둥해 있는 영주를 움직인 건 백자멜론이었다. 영주가 먹어보고 싶다던 과일이었는데 식품관에서 팔았다.

─집 사려면 돈 아껴야 하는데…….

하면서도 영주는 기분을 풀었다. 우리는 여름에 신을 커플 샌들과 영주가 사무실에서 쓸 손목 쿠션을 샀다. 팔짱을 끼고 두유 아이스크림을 먹으며 뷰티 매장을 한 바퀴 돌았다. 그다음엔 2층, 3층……. 그렇게 올라가다 보면 내가 영주를 서운하게 했을 무언가도 다 사라지고 없을 것이었다. 하지만 우리는 1층에서 더 올라가지 않았다. 박하나 때문이었다. 박하나는 버츠비 매장에서 머리를 조아리고 있었다.

─아닙니다, 고객님. 죄송합니다.

무엇을 잘못했는지 거듭 사과를 했다. 멀리 있는 내게도 진심이 느껴지는 사과였다. 수업을 빼먹고 걸렸을 때는 그리도 당당하던 아이가 무슨 죄를 저질러서 저러고 있을까. 상대방은 박하나의 어머니 또래 정도 되어 보이는 여자였는데 불같이 화를 내는 폼이 아주 막무가내였다.

─야, 필요 없고 점장 부르라니까, 점장!

─아니에요. 제 잘못입니다.

─아니. 사과 그만하라고. 누가 보면 내가 갑질이라도 하는 줄 알겠네.

나는 어떻게 해야 하나 고민했다. 영주는 도와줘야 하는 거 아니냐 했지만 뭘 해야 할지 알 수 없었다. 쟤가 학교에서도 그렇게 착실한 애가 아닌데……. 저런 애들이 또 자존심이 세서 도와주면 도와줬다고 구시렁거릴지도 모르고……. 그래도 우리 반 아이인데 내가 가만히 있어도 이상한가……. 망설이고 있는데,

—그거 갑질 맞아요.

다른 여자가 나타났다. 나이는 갑질 중인 여자와 비슷해 보였고 차림도 비슷했는데 왠지 모르게 좀 더 배운 사람처럼 보였다. 말투와 목소리만으로도 상대를 압도할 수 있는 사람이었다.

—오. 저 아줌마가 한 레벨 위야.

영주가 말했다. 그녀의 옷과 장신구의 브랜드가 갑질 여자보다 더 비싼 것들이라고. 그 이후의 상황은 마치 사자의 등장에 하이에나가 달아나는 형국이었다. 갑질 여자는 고성으로 전세를 뒤집어보려 했지만 상대가 그걸 받아주지 않고 조목조목 반박하자 콧김을 몇 번 쏘더니 물러갔다. 박하나가 돌아서서 눈가를 손으로 찍었다. 여자는 박하나에게 손수건을 건네고 어깨를 다독여주었다. 박하나가 좀 진정이 되자 물건을 계산하고 매장을 나갔다. 박하나는 한결 편해진 얼굴로 배웅했다. 일이 잘 해결되어 다행이라고 생각했는데 영주가 말했다.

—어머, 쟤 좀 봐?

박하나에게서 위화감이 느껴졌다. 여자의 뒷모습을 보는 박

하나의 눈빛이 바뀌어 있었고 입 모양으로 욕을 하고 있었다.

'씨발년이……'

분명히 그렇게 말했다.

박하나와 상담을 하기로 한 날에는 비가 왔다. 출근길에 까만 새들이 낮게 날았다. 상담을 다른 날로 미룰까 생각했지만 그러지 않았다. 부담스러운 일은 먼저 해치워야 하는 내 평소 성격 때문이기도 했고, 박하나에 대한 부채감 때문이기도 했다. 계속 떠올랐다. 박하나가 욕을 하던 모습이. 그 아이가 왜 그랬는지 알 수 없고 나로 인해 일어난 일도 아니었지만 왠지 미안했다. 그래서 다른 아이들에 앞서 먼저 이야기를 나누고, 마음을 살피고 싶었다. 학교 안에서라면 그렇게 할 수 있을 것 같았다. 박하나 같은 아이도 교사와 학생의 자리가 고정된 공간, 이를테면 상담실 같은 곳에서는 학생다워지기 마련이었다. 그러나 박하나는 확실히 보통 아이가 아니었다.

— 쌤. 왜 그때 저 보고도 모른 척했어요?

백화점에서 일이 있었을 때 박하나는 내가 자기를 보고 있는 걸 알았다고 했다. 의자에 앉자마자 그 이야기부터 꺼내는 박하나에게 나는 무슨 대답을 해야 좋을지 알 수 없었다. 나보다 더 많은 것을, 어쩌면 내가 절대 알 수 없을 것들까지 다 알아버린 것 같은 박하나의 눈은 마주 보는 것만으로도 부담스러웠다.

—에이, 뭘 당황하고 그래요. 장난이에요, 장난. 쌤이 점장도 아니고 날 어떻게 도와줘요. 그때 여자 친구도 옆에 있는 것 같던데.

—그땐 나도 좀 놀라서…….

—괜찮아요. 진짜로.

나는 기왕 이렇게 된 거 그 일을 문고리 삼아 박하나의 속마음으로 들어가보기로 했다.

—근데 하나야.

—네?

—그때 왜 욕을 한 거니?

—욕을요? 내가?

—널 도와준 분 뒤에 대고 욕하는 걸 봤어.

—헐. 제가 그랬다고요?

박하나는 미처 몰랐던 자신의 재밌는 부분을 알게 되었다는 듯이 웃었다.

—와. 나 입조심해야겠네.

—그분은 너를 진심으로 도와줬잖아. 왜 욕을 한 거야?

—쌤.

—응?

—진심에 대해서 잘 알아요?

—······?

—음······. 저한테 갑질은 이제 그렇게 힘든 일은 아니에요. 하도 많이 겪어서. 고개 숙이고 미안한 척하면서 시간아 가라, 빨리 가라, 너도 얼른 가라, 하는 거죠. 처음에는 막 울기도 하고 관두기도 하고 그랬는데, 그래봐야 나만 손해더라고요. 가면 딱 쓰고 버티면 월급은 지킬 수 있지 않겠어요? 뭐, 한 대 때려주기라도 하면 합의금 받으면 되는 거고.

나는 열여덟 살 먹은 애가 감정을 다치지 않으려고 감정을 멈추는 선택을 하기까지 무슨 일들이 있었을지 생각했다. 아무 맛도 나지 않는 비스킷 같은 박하나의 표정과 행동의 이유를 알 것 같았다.

—근데 진짜 짜증 나는 게 도와준답시고 나서는 인간들이에요. 걔들 다 돈 많고 시간 많아서 그러는 거예요. 그러니 내 마음을 어떻게 알겠어요. 도와준다······. 그래요. 도와줬다고 치고, 그럴 때 나도 다 느껴요. 불쌍해한다는 거. 내가 땅에 떨어진 볼펜 같은 건 아니니까 꼭 뭐라도 한마디 붙인단 말이에요. 괜찮냐고. 힘내라고. 그럼 꼭 병든 초식동물이 된 기분이에요. 그러면 깨닫게 되죠. 내가 얼마나 좆밥인지. 그 여자 때문에 오랜만에 깨달은 거예요. 내 처지를. 아무것도 바뀌는 건 없잖아요. 그 여자는 계속 부자일 거고, 나는 계속 이 모양이고. 그런데 뭘 도와줬다는 거죠? 그러니까 쌤도 잘했어요. 어설프게

도와주느니 가만있는 게 진짜 나아요. 그래서 나는 학교에도 별 불만 없어요. 차별이다 뭐다 열폭하는 애들도 있는데, 글쎄요. 사는 게 다르고 행동이 다른데 어떻게 똑같이 보겠어요. 난 이해해요. 뭐, 어쨌든 앞으로도 그냥 적당히 떨어져서 봐주시면 좋겠어요. 어차피 쌤하고 나는 보는 게 다르니까 서로 고생하지 말자구요. 상담도 굳이 먼저 잡고 그러지 않아도 돼요.

박하나가 하는 말도 놀라웠지만 그 말을 하는 태도가 더 놀라웠다. 반사회적인 방향으로 꼬인 마음을 쏟아내면서도 톤이나 속도가 바뀌지 않았다. 늘 그러는 것처럼 좋은 것도 싫은 것도 없다는 듯이 무덤덤하게 말했다. 나는 박하나에겐 상담에서 으레 하는 말들이 소용없으리라는 걸 알았다.

―알겠다. 그만 가봐라.

이렇게 보내면 안 되는데. 박하나가 상담실을 나간 뒤에 나는 심한 무력감을 느꼈다.

악몽을 꾸는 날이 많아졌다. 교사 독서 동아리에서 '요즘 당신을 힘들게 하는 건 무엇인가요?'라는 질문을 받고 악몽에 관해 이야기했다. 현실에서 겪는 문제는 말하고 싶지 않았다. 다른 이들도 듣고 싶어 하지 않을 것이었다.

―저런……. 그거 되게 힘든 거야.

김경미가 말했다.

—그냥 꿈일 뿐이잖아요. 좀 찝찝하다 마는 거 아닌가?

김경미와 친한 최미선이 말했다. 모두 맞는 말이었다. 악몽이 일상에 심각한 영향을 미치는 것은 아니었지만 매번 힘든 것도 맞았다. 어떤 꿈들은 무척 생생해서 불쑥불쑥 떠오르기도 했다. 그 주에 꾼 꿈들이 그랬다. 월요일에 꿨던 꿈에서는 급커브 길에서 차를 몰고 가던 중에 브레이크가 말을 듣지 않아 그대로 벽에 처박혔다. 나는 죽지 않았고 다치지 않았으나 옆자리의 사람이 크게 다친 것 같았다. 그 사람이 누구인지는 끝까지 알 수 없었다. 수요일의 꿈에서는 나 혼자였다. 나는 수인(囚人)이었다. 사지를 조금도 움직일 수 없는 감옥에 눈코입만 뚫린 가면을 쓰고 갇혀 있었다. 나의 이야기를 듣고 나서는 최미선도 심각한 얼굴을 했고, 다들 걱정을 해줬다. 부담스러웠다. 나는 부러 쾌활한 표정을 지으며 웃었다. 내가 웃으니까 기다렸다는 듯이 몇 명이 따라 웃었고 분위기가 밝아졌다. 후회되었고 모임이 끝나자마자 얼른 자리를 뜨려고 했다. 그런 나를 붙잡은 건 물리를 가르치는 조명우였다.

—잠깐 이야기 좀 할까?

다른 사람들은 모두 가고 나와 조명우만 남았다.

—하실 말씀이라는 게…….

—응. 아까 그 꿈 얘기 말인데. 내가 곰곰이 생각해봤어.

—그사이에요?

―30분이면 충분하지, 뭘.

―아, 네…….

―첫 번째 꿈은 자기 마음에 화가 많아서 그런 거야. 막 뭔가 부수고 싶고 그런 거. 현실에선 못 하니까……. 근데 다들 그렇잖아. 중요한 건 아니고. 두 번째 꿈이 중요한데, 그게 왜 중요하냐면 내가 그런 꿈을 많이 꿔봐서 알거든. 그러니까 내 말은, 자기 이사 계획 있어?

조명우는 알 만한 사람은 다 아는 부동산 알부자였다. 갭 투자로 10년 동안 집을 굴려서 G팰리스에 두 채를 가지고 있었고 다른 동네에도 아파트가 네 채, 전답도 조금 있다고 했다. 그가 나를 도와주려는 이유는 딱히 알 수 없었다. 조카 생각이 나서, 라고 했는데 삼촌이 없는 내게 와닿는 말은 아니었다. 어쨌든 집을 사야 하는 처지에 고수의 도움을 받을 수 있다면 좋은 일이겠으나 영주에게는 알리지 않았다. 내 상황도 조명우에게 말하지 않았다. 내 안의 반골 기질이 꿈틀거렸기 때문이다. 왜 다들 집, 아파트, G팰리스를 사라고 난리들인가. 거기로 가면 나는 세상에 분명히 존재하는 '어떤' 사람들과 너무 멀어질 것 같았다. 그렇다고 다른 '어떤' 사람들과 가까워질 것도 아니었다. 빚을 갚는 데 몰두하느라 여유롭게 사는 게 뭔지 잊게 될 것이고, 한편으로는 빚조차 낼 수 없는 사람들을 잊게 될 것이었다.

그런 생각이 들자 문득 박하나에게 고마운 마음이 들었다. 너무 늦지 않은 때에 세상을 제대로 살아갈 기회를 얻은 것일지도 몰랐다. 나는 영주와 다투던 때의 불편함, 유한수에게 느꼈던 반감, 중개사에게 가졌던 경계심을 뭉쳐 G팰리스로의 이사를 취소하기로 했다.

민들레 아파트의 매물을 혼자서 보러 가기로 한 건, 그러므로 선언에 가까운 행동이었다. 낮은 곳에서 함께 흐르리라. 민들레 아파트에서 길을 건너 출근하는 내 모습을 상상했다. 그것은 학교의 많은 것을 바꾸는 계기일지도 모른다. 그 어느 때보다 교사로서의 자각이 생생하게 느껴졌다. 30년 된 구축 아파트여도 잘 꾸며서 살면 된다는 실질적 대책도 있었다. 우리가 세심히 공들인 집에서 시작하는 결혼 생활이 훨씬 값질 거라고, 영주를 설득할 계획이었다. 나는 자신이 있었다. 신학기가 시작된 이후로 가장 활기찬 하루를 보냈다. 기분이 좋으니 일도 잘되었다. 마음에 눌린 곳 없이 사는 일이란 역시 중요한 것이었다. 가벼운 걸음으로 퇴근을 하고 민들레 아파트로 들어가려는데 정영현과 마주쳤다.

—어, 쌤?

—응. 영현아. 집에 안 가고 어디 가니?

—아. 저 여기서 봉사 활동 해요.

─봉사?

─네. 초등학생 애들한테 영어 가르쳐줘요.

교육 봉사였다. 담임교사로서 칭찬해줄 만한 일이었다. 알아서 생활기록부에 쓸 거리를 만드는 영민함, 꿈을 이루기 위한 노력, 그런 걸 차치하고라도 개인 시간을 할애해 봉사하는 착한 마음을 예쁘게 봐야 했을 텐데, 그게 잘 안 되었다. 봉사의 목적이 순수해 보이지 않았다.

─그래, 수고해라.

부동산 쪽으로 가려다가 멈칫했다. 나의 목적지를 정영현이 아는 게 싫었다. 그사이에 정영현은 밝게 인사를 하고 상가를 향해 뛰어갔다. 부동산이 있는 건물이었다. 나는 전화를 걸어 중개사에게 밖으로 나와달라고 했다. 중개사는 서글서글한 인상에 아웃도어 패션을 한 중년 사내였다. 붉은 기가 살짝 도는 피부와 목과 배에 두툼히 잡힌 살집, 밝은 표정이 경계심을 없애주었다. 그는 말할 때마다 고개를 앞으로 살짝 숙이는 습관이 있었다. 나보다 앞서서 걷되 반보 정도만 앞에 있었고 대화가 끊이지 않도록 이야깃거리를 내놓았다. 엘리베이터 문이 열릴 때마다 손으로 문을 잡고 내가 먼저 타게 했다. 그런 그의 친절이 갈수록 피곤해졌던 건 집을 보는 일이 힘겨워져서였다. 보기로 한 건 세 채였고 모두 37평이었다.

─옛날 집이라 평수가 시원시원합니다. 요즘 나오는 38평

들보다 체감은 더 크고요.

집들은 정말 컸다. 그런데 뭐랄까, 눅눅했다. 쨍한 날이었는데도 그랬다. 깨끗하게 관리하는 집도 있었고 마구 쓰는 집도 있었지만 공통적으로 집 안이 누렇다는 느낌이었다. 색깔이 아니라 기운이 그랬다. 첫 집을 보자마자 바뀐 내 안색을 읽었는지 중개사가 입을 열었다.

—요새 구축은 다 리모델링해서 살잖아요. 여기 바닥 밀고, 천장 뜯고, 타일 새로 하고⋯⋯. 싹 고쳐도 3천이면 넉넉합니다.

그의 말이 귀에 잘 들어오지 않았다. 가죽이 뜯긴 소파에 기대어 옥수수를 먹고 있는 노인의 늘어진 티셔츠와 그 노인을 곤란해하는 것 같은 부부, 반바지 한 장만 입고 게임을 하는 털이 많은 아들의 모습만 크게 보였다. 넓은 게 좋아 보이지 않고, 마냥 황량해 보였다. 나는 G팰리스가 얼마나 좋은 구조와 시스템을 가졌는지 깨닫게 되었다. 중개사는 포기하지 않고 근처의 다른 집들도 보여주었다. 가격은 민들레보다 1, 2억 정도 높았지만 G팰리스에 비하면 여전히 낮았다. 나는 그 집들에도 매력을 느끼지 못했다. 내가 사는 투룸과 별반 다르지 않아 보였다. 중개사는 조금 지쳐 보였지만 여전히 친절했다.

—죄송하지만, 집값은 어디까지 생각하고 계실까요?

나는 4억이라고 답했다. 딱히 이유는 없었다. 중개사가 어디론가 전화를 걸었고 3킬로미터 정도 떨어진 아파트로 나를 데리고 갔다. G팰리스 생활권이라고 하기에는 애매한 위치였다. 출퇴근의 편의도 없어지는 곳이었다. 그래도 보기로 했다. 내 눈에 들어오는 집은 대체 얼마부터인가 궁금했다. 민들레에 살겠다는 사명감 같은 건 사라졌고 남은 건 오기 비슷한 것뿐이었다. 그 아파트의 매물은 민들레 쪽 부동산이 가진 게 아니었는지 다른 중개사를 만날 거라고 했다. 10분 정도 기다리자 다른 중개사가 왔다. 깨끗한 옷차림과 단정한 자세로 걷는 그녀는, G팰리스에서 만났던 중개사였다.

—여기서 또 뵙네요?

—네. 안녕하세요.

나는 그녀에게 반갑게 인사했다. 정말 반가웠던 건 아닌데 목소리가 그렇게 나와서 놀랐다. 아마도 나는 부끄러웠던 것 같다. 그리고 뭔가 부탁하고픈 마음이었던 것 같다.

제대로 못 자고 출근했다. 악몽을 또 꿨는데 내용이 잘 기억나지 않았다. 오전에 수업이 별로 없는 날이어서 교무실에 앉아 졸고 있는데 영주에게서 메시지가 왔다.

자기야. 이것 좀 얼른 봐.

영주는 인터넷 링크를 몇 개 보냈다. 신문 기사, 부동산 유튜버의 영상, 맘카페에 올라온 글이었다. 그것들은 모두 하나의 정보를 가리키고 있었다. G팰리스가 속한 지역을 투기과열

지역으로 묶는 규제가 곧 실시된다는 것이었다.

그럼 어떻게 되는데?

답을 보내니 전화가 왔다.

―서둘러야 해. 규제 묶이고 나면 주담대 40퍼센트밖에 안 나온단 말이야. 얼른 계약금부터 던져야 해.

우리한테 그런 돈이 어디 있나. 영주가 일단 반차를 내고 은행에 가보겠다고 했다. 그럼 나는 뭘 해야 하지? 나는 조명우를 찾아갔다. 물리실에 가자 조명우가 일어서서 나를 맞았다.

―안 그래도 내가 자기 찾아다녔잖아.

그 역시 규제 소식을 들은 상태였다.

―이렇게 **빠를** 줄은 나도 몰랐다. 소문은 돌고 있었다만, 그래도 이 정도면 거의 기습이라고 봐야지.

아무것도 모르는 나도 정부가 집값을 내리기 위해 강하게 밀어붙인다는 걸 알 것 같았다. 집값 안정. 그래, 그거 해야지. 그럼 안정되고 사는 게 낫지 않나?

―허허. 이 사람 몰라도 너무 모른다니까. 규제지역으로 묶는 게 어떤 의미인지 내 알려줄게. 그건 일종의 깃발이야. 여러분, 여기는 아주 살기가 좋고요, 가지고 계시면 돈 버는 집들이 수두룩한 동네입니다. 프리미엄 딱지를 정부가 붙여주는 거라면 이해되겠어? 그래, 당장은 내려갈 수도 있지. 그래봤자야. G 팰리스가 떨어진다고? 절대 그런 일은 일어나지 않아. 초품아

에, 스세권에, 맥세권이야. 저 정도 상권에 주민들 입김이면 역 들어오는 것도 꿈이 아니라고.

그게 또 그런가? 그래도,

—투기는 잡아야 하는 게 맞잖아요.

—이 사람이 나도 투기꾼으로 몰 사람이네. 그리고 지금 자기 처지에 그런 말이 나와? 당장 당신이 대출 못 받아서 집이 없게 생겼는데. 결혼도 한다는 사람이 이렇게 헐렁해서 어떡해. 투기를 막는다, 말은 좋지. 근데 투기의 기준을 누가 정할 수 있어? 영끌 해서 집 산다는 말은 들어봤어? 자기 지금 영끌 해야 돼. 타이밍 놓치면 가족, 친지 명의까지 끌어다가 지옥불 영끌 해야 집 살 수 있다고. 내 말 잘 들어. 집값은 결국 올라. 내기할까? 지금 우리 정부는 집값을 내릴 생각이 없어요. 집을 사면 진보도 보수가 되거든. 서민한테 집이 생기면 어떻게 되겠어? 그 집을 목숨 걸고 지킨다고. 기득권이 별건가. 지킬 게 있으면 그게 기득권이지. 그럼 그 사람들 표가 어디로 가겠어?

가만히 듣다 보니 조명우와 나는 관심사만 다른 게 아니라 정치 성향도 다른 것 같았다. 그러고 보니 총선 때 괜히 후보 이야기를 꺼냈다가 영주와 다퉜던 기억이 났다. 조명우는 자기가 가진 G팰리스 집을 6억에 넘기겠다고 했다. 이번 규제가 갭 투자 잡는 게 메인이라 얼른 처분해야 한다는 것이었다. 나는 선뜻 대답하지 못했다. 조명우는 당장 내일이라도 계약해야 한다고 독촉했다.

　—이건 서로를 위한 베스트야.

　너무 큰 금액이라 겁이 났다. 부동산 사기가 그렇게 많다던데. 당해도 구제가 안 된다던데. 구체적으로 어떻게 사기를 당하는 건지 몰라도 무서웠다. 설마 동료 교사가 사기를 치겠나 싶다가도 사기는 또 지인에게 당한다고 들은 것 같았다. 영주에게서 7천만 원을 대출 받기로 했다는 연락이 왔다. 그걸로 계약금은 치를 수 있게 됐다며 기뻐했다. 영주는 부동산에 연락해서 6억 3천 집과 계약일을 잡겠다고 했다. 나는 세 시간만 기다려달라고 했다. 혼이 반쯤 나간 채로 블로그와 유튜브만 보다가 일과가 끝났다. 교무실에 멍하니 앉아 있는데 박하나가 찾아왔다.

　—쌤, 저 주소 바뀌었어요.

　박하나가 주소가 적힌 쪽지를 내밀었다. 몽쉘과 함께였다.

　—걔네들은 쌤들한테 뭐 줄 때 꼭 이렇게 하던데. 맞죠?

　나는 이게 다 무슨 일인가, 당황했다. 그래서 그만,

　—축하한다.

　말해버렸다. 박하나는 잠시 나를 내려다보다가 씩, 웃었다.

　—감사합니다. 근데 걔네가 은근 싫어하겠죠? 생각하니까 통쾌하네.

　박하나가 두 손을 배 앞으로 모으고 인사한 뒤, 되게 어색하네, 하며 교무실을 나갔다. 나는 영주에게 전화를 걸었다. 조명우의 집 이야기를 하자 영주는 매우 좋아했다. 일단 가계약금으로 내가 가진 현금의 전부, 천만 원을 조명우에게 보냈다. 나는 심호흡을 크게 하면서 가슴을 부풀렸다. 힘을 내자. 마음속에 우리의 크고 아름다운 빛을 감당할 용기를 불어넣자. '빛'과 '빚'은 받침만 다를 뿐이야. 그런 생각을 했다.

일주일 정도는 여유가 있을 줄 알았는데 주말을 넘기지 않고 부동산 대책이 발표되었다. G팰리스가 투기과열지역에 포함되기까지 남은 기간은 하루밖에 없었다. 영주는 부랴부랴 은행에 달려가 당일 대출을 받아 왔다. 금리와 대출금액에서 손해를 봤지만 다행히 잔금은 치를 수 있게 됐고 퇴근 후에 G팰리스 부동산에서 계약을 진행했다.

—6억이면 정말 잘해주시는 거예요.

중개사는 여전히 우아했으나 조명우에게는 조금 더 친근하게 대했다. 그 미묘한 차이. 정말 대단한 상인이라는 생각이 들었다.

—아끼는 후배한테 돈 욕심 부릴 수 있나요.

조명우는 단단하게 나온 배를 만지며 호방하게 웃었다. 후배라. 우리가 이제 그런 사이인가. 뭐, 이렇게 된 바에야 돈 많은 선배 생기면 좋지. 이제 계약금만 입금하면 끝이었다. 영주가 폰뱅킹을 켰고 나는 조명우로부터 G팰리스의 가격이 오를 수밖에 없는 이유에 대해 처음부터 다시 들었다. 들으면 들을 수록 마음이 편안해지는 이야기였다. 꽤 긴 이야기가 다 끝나도록 영주가 다 됐다는 말을 하지 않았다.

—아……. 이게 왜 이래?

휴대전화 화면에는 '일일 이체 한도를 초과하여……'라는 메시지 창이 떴다. 이것저것 다 해봤는데 막힌다고 했다. 조명우와 중개사의 안색이 변했다. 영주는 아예 하얗게 질렸다. 내 얼굴은 어땠을까. 차라리 여기서 모든 게 없었던 일이 되면 좋겠다는 생각도 했다. 하지만 조명우의 얼굴을 보니 그건 안 될 말이었다. 차라리 꿈이라면, 이건 악몽일까 아닐까.

—일단 제가 대신 입금할게요. 내일 돈 보내주세요.

중개사가 나섰다. 영주의 표정이 펴졌다. 그런데,

—안 됩니다. 지금 규제가 구체적으로 어떻게 적용될지 몰라요. 대출을 조이기로 했으니 통장 기록까지 보겠다고 하면 어떡합니까. 대리 입금, 저는 싫습니다. 이제껏 거래 그런 식으로 한 적 없어요.

—그럼 어쩌죠? 취소할까요?

—그건 안 되죠. 가계약금을 받았는데 내가 파기하면 배액 상환해야 하지 않습니까? 내 잘못도 아닌데요. 자기들은 어때? 그냥 천만 원 포기할래?

대답은 영주가 했다.

—아뇨. 못 해요.

—그래요. 그럼 이체 한도 풀고 다시 계약합시다. 내일부터 규제 적용받으니까 나도 세금이며 뭐며 지킬 수 있는 게 없어졌어. 그래도 그냥 시세에는 맞춰서 줄게요. 6억 7천. 서로 고통 분담하자구요.

나와 영주는 화들짝 놀랐다. 우리가 아는 시세는 6억 3천인데.

—이 사람들이 자꾸. 우리 집은 로열층이잖아. 호수 뷰.

조명우는 부동산 시세 정보 어플을 켜서 확인까지 시켜줬다. 로열층. 호수 뷰. 우린 다 필요 없는데. 중개사는 9월까지 중도금 2억을 맞춰주는 조건을 제안해 3백만 원을 깎았다. 최종적으로 우리는 6억 6천 7백만 원에 집을 샀다. 영주는 카페에 앉아 두 시간 정도 뭘 열심히 쓰더니 심란한 표정을 떨쳐냈다.

—오늘 자기 집에서 자고 갈래.

영주가 숨을 크게 몰아쉬며 잠이 든 다음, 나는 열여덟 살 때의 여름날을 떠올렸다. 아버지가 치킨 두 마리를 사 들고 퇴근한 날이었다. 오늘 저녁에는 파티를 하자면서. 그런 건 어머니의 허락 없이는 불가한 일이었다. 그런데 아버지가 순전히 당신의 판단으로 치킨을 사 온 것이었다. 내 예상과 달리 어머니는 역정을 내지 않았고 심지어 조금 웃기까지 했다. 그날은 우리가 살고 있던 아파트의 대출을 다 갚은 날이었다. 이사를 한 지 딱 10년 만의 일이었다. 8천만 원짜리 집이었고 10년 동안 집값은 그대로였다. 부모님은 10년 동안 6천만 원을 갚은 기쁨을 자식들과 기념했다. 나는 기름이 묻어 번들거리는 입으로 웃었다. 10년째 쓰고 있던 선풍기도 옆에 있었다. 그날 이후로 나에게 6천만 원은 10년과 같은 것이었다. 그리고 이제, 내게는 6억하고도 2천을 갚아야 하는 삶이 기다리고 있었다.

아침에 일찍 눈이 뜨였다. 영주가 더 자도록 두고 먼저 집을 나왔다. 교무실에는 아무도 없었다. 인터넷을 켜고 LTV 계산기, DTI 계산기, 대출이자 계산기를 두드려 나와 영주가 어떻게 대출을 상환해야 할지를 계산해봤다. 우리가 가진 돈 4천만 원을 제하고 주택담보대출 2억 6,680만 원(35년 상환)도 제하고, 남은 3억 6,020만 원을 어떻게 갚을 것인가. 아니, 그전에 그걸 어디서 빌릴 것인가. 우리가 받을 수 있는 신용대출 1억 2천, 교직원공제회에서 최대로 빌리면 9천. 그래도 1억 5천이 모자랐다. 영주는 퇴직금 담보대출까지 이야기했고, 여차하면 예비 장모께 말씀드려보겠다고 했다.

― 영끌 하자.

말하는 영주에게 그런 건 지옥불 영끌이라고 하는 거야, 말하지 못했다. 영주는 생각보다 비싸게 집을 사긴 했지만 그건 학습비로 치자고 했다. 살다가 정 힘들면 오를 때 팔면 된다고

도 했다. 고점을 노리면 최소 3억은 번다고. 영주는 우리가 갚아야 할 이자가 3억인 것도 알고 있었을까. 그리고 그 고점은 누가 알려주나. 계약서까지 다 쓴 마당에 귀신에 홀린 것 같다는 생각이 들었다. 출근길에 본 대부업체의 전화번호와 대리운전 기사 모집 전단이 자꾸 떠올랐다. 남들 사는 것처럼 살게 됐다는 영주의 말이 생각났다. 남들처럼 살기, 그건 대체 뭘까. 나는 습관처럼 유튜브를 켜고 부동산 전망을 다룬 영상들을 봤다. 댓글을 보니 편을 나눠 싸우고 있었는데 나는 어느 편을 들어야 하는 사람인지 혼란스러웠다. 그러는 사이에 다른 사람들이 출근했고 복도가 시끄러워졌다. 나는 피곤한 눈을 손바닥으로 지그시 눌렀다. 마지막으로 본 뉴스는 규제지역의 경계선에 물린 민들레 아파트의 실거래가가 하루 새에 2천만 원 올랐다는 소식이었다. 뜨거운 게 눈인지 손바닥인지 분간이 되지 않았다. 일과 시작종이 울렸고 조회를 하러 갈 시간이었다.

우따

우따는 우따였다. 제임스 T. 우드를 왜 우따라고 부르기 시작했는지 이유는 기억나지 않는다. 방과 후 운동장에서 캐치볼을 하다가 문득, 저 아이를 우따라고 불러야겠다, 생각했던 것까지가 내 기억의 전부다.

그날도 나는 그 애를 우따라고 불렀다. 우따의 집에서 비디오와 만화책을 보고, 함께 피자를 시켜 먹고, 마지막 조각 하나를 서로 먹겠다고 티격태격했다. 그러니까, 『지각의 현상학』과 『존재와 시간』을 베고 누워 아기 같은 얼굴로 낮잠을 자던, 블라인드 사이를 비집고 들어온 햇빛 줄기에 얼굴을 찡그리던 우따의 머릿속에 누군가를 죽이려는 생각이 들어 있었다는 건 아무래도 상상할 수 없었다.

우따가 경찰차를 타고 떠난 지 정확히 1년이 지났을 때, 우따를 만나는 일을 더 미룰 수 없다고 생각했다. 그것은 그때까지의 내 인생에서 가장 큰 용기를 낸 결정이었다. 버스를 두 번 갈아타고 교도소에 가는 동안 몇 번이나 발길을 돌리고 싶었지만, 지금이 아니면 영영 우따를 볼 수 없을 것이라는 예감이 나를 앞으로 걷게 했다. 교도소에 도착해서 우따를 기다리는 동안 온몸이 떨렸다. 왼손을 붙잡으면 오른 다리가 떨리고, 오른 다리를 붙잡으면 어깨가 말썽이었다. 내가 알던 우따가 더는 세상에 없을까 봐. 그날의 우따만이 남아서 나와 마주 보게 될까 봐. 그런 것이 두려웠다.

*

우따를 처음 만난 건 2000년도의 일이었다. 뉴 밀레니엄이라는 말에 전 세계가 묘한 흥분 상태에 빠져 있던 때였다. 내가 살았던 파리도 예외는 아니었다. 당시의 나는 근 1년 동안 지구 종말에 대한 여러 가지 시나리오에 사로잡혀 마음고생하고 있었다. 그중에서 나를 가장 두렵게 한 것은 적그리스도가 파나마에 나타나 온 세상을 불바다로 만든다는 이야기였다. 그런 건 내가 어떻게 해볼 방법이 없는 일이니까 매일 밤 공포에 떨며 잠을 설쳤다.

새해가 되고 겨울방학이 끝날 때까지 밀레니엄 버그도, 그랜드 크로스도, 가장 무서웠던 적그리스도의 출현도 일어나지 않았다. 조금 맥이 풀리는 기분이었지만 감사하는 마음이 들었다. 나도 이 세상 사람들도 조금 더 살아도 되나 보다, 교회에서 듣던 구원이라는 것을 받은 것 같았다. 우따가 전학을 온 건 그 무렵이었다.

영국 리버풀에서 온 제임스 T. 우드라고 짤막한 소개 인사를 마친 우따는 성큼성큼 걸어와 비어 있던 내 옆자리에 앉았다. 우리가 제대로 된 대화도 나누기 전에 반 아이들은 우리를 한 무리로 묶었다. 반에서 유일한 아시아인이었던 나와 유일한 아프리카계였던 우따를 '아아아미(AAami)'라고 부르기 시작한 것이었다. 개미가 등산을 갔는데 알고 보니 거기가 아기 엉덩이였다더라 하는 내용의 동요에서 따온 멜로디까지 붙여 불렀다. 묘한 뉘앙스가 느껴졌지만 왠지 싫지가 않았다. 우따가 좋아서였다. 우따는 좋은 향기를 내며 간결하게 움직였다. 그 몸동작들이 아주 매력적이어서 단 하루, 아니 고작 몇 시간 나란히 앉았을 뿐인데도 거부할 수 없이 우따를 좋아하게 되었다. 그래서 우따가 나와 같은 무리로 묶이는 게 싫으면 어떡하나 걱정이 되었다. 반 아이들이 우리 옆을 지나며 노래를 부를 때 우따는 빙긋 웃을 뿐 딱히 반응이라고 할 만한 것은 보이지 않

았다. 나는 꽤 조급한 마음이 되었지만 우따의 생각을 물어볼
수는 없었다.

학교를 마치고 집에 가려는데 우따가 나를 자신의 집으로
초대했다. 어떤 이유에서인지 우따는 혼자 살고 있었는데 파리
에 온 첫날부터 혼자 저녁을 먹기는 싫다고 했다. 나는 기뻤지
만 티 내지 않으려 노력하면서 따라나섰다.

"파리에는 왜 혼자 온 거야?"

내가 물었다.

"할아버지가 보내주셨어."

우따는 그렇게 말하고 옅은 미소를 지었다. 질문에 대한 정
확한 대답은 아니었지만, 더 물을 수가 없었다. 우따가 지은 미
소가 그렇게 만들었다. 그 얼굴은 아주 어른스러워 보였다. 그
런 생각이 들자 우따가 갑자기 크게 보였다. 현관문에 열쇠를
꽂는 모습, 가방을 책상 의자에 걸어두는 모습, 냉동실에서 감
자튀김을 꺼내는 모습, 하나의 팬에 계란과 베이컨을 동시에
굽는 모습, 내가 앉을 자리에 방석을 깔아주는 모습, 그런 행동
하나하나가 나 따위는 가늠할 수 없는 그릇을 가진 사람으로
보였다. 우따와 친해지고 싶은데 그럴 수 없을 것 같아서 나는
시무룩해졌다.

저녁 식사 시간은 조용했다. 저녁을 먹는 동안 우따는 내 컵

에 물을 채워주고, 호밀빵과 감자튀김을 더 가져다주었다. 우따가 설거지를 하는 동안 책장을 구경했다. 꽂혀 있는 책들은 하나같이 두껍고 무거워 보였다. 그 책들을 보고 있자니 시무룩해지다 못해 기가 눌리는 기분이었다. 나의 15년과 저 아이의 15년은 왜 이렇게 다른가.

"재밌는 거 많지? 빌려 가도 돼."

설거지를 마친 우따가 내 옆에 와서 말했다. 우따는 나의 시선이 멈춰 있던 책장 세 번째 칸 바로 아래에서 『드래곤볼』, 『슬램덩크』, 『피너츠』, 『도널드 덕』 같은 것들을 잡히는 대로 꺼냈다. 그때 나는 다시 웃을 수 있었다.

예상했던 대로 '아아아미'에는 '우리 교실의 유색인들'이라는 의미가 담겨 있었다. 아이들은 점점 조심하지 않고 노래를 부르고 우리 뒤에서 웃었지만, 충분히 예상 가능한 일이었고 장난은 딱 그 정도에서 더 나아가지 않았기 때문에 화나지 않았다. 우따의 태도도 비슷했다. 법을 전공했다는 아버지의 영향인지 우따는 학교의 암묵적인 룰에 대해 금세 이해한 것 같았다.

우리가 따르던 룰은 학교의 인종 구성에 그 기원이 있었다. 우리 학교에는 백인 학생이 많았는데, 학생들의 부모가 다국적 기업의 주재원이거나 경제 규모가 큰 나라의 외교 업무를 담당

하는 공무원이었기 때문이다. 집안 사정이 유복한 아이들만 모여 있어서인지 눈에 띄는 차별이나 따돌림은 없었다. 그렇다 해도 왠지 모르게 분위기를 이끌어가는 아이들은 모두 백인이었다. 그들의 커뮤니티에 속하는 것을 일찌감치 포기하는 쪽이 마음 편했다. 겉으로는 모두가 웃으며 지냈지만 백인과 유색인이 교문을 함께 통과하는 일은 없었고 마주 앉아 밥을 먹는 일도 없었다. 그런 사정으로 내가 학교에서 가장 먼저 배운 것은 마음 편히 속할 자리를 찾아내는 방법이었다. 가끔 한국에 갈 때면 친척 형제들의 부러움을 받았지만 학교 안에서는 조용히 지내는 일에 익숙해져 있었다. 누군가에게 괴롭힘을 당하는 일은 없었고, 그건 다행이었지만 외로운 것은 어쩔 수 없었다.

우따와 친해지면서 나의 15년과 우따의 15년이 별반 다르지 않다는 것을 알게 되었다. 학교를 마치면 우리는 골목에서 공을 차거나 공터에서 배드민턴을 쳤다. 무언가를 보냈을 때 돌려주는 사람이 있는 놀이가 즐거웠다. 집에서 놀 때면 각자 한국과 영국에서 봤던 코미디 쇼의 유행어를 가르쳐주며 웃었다. 손을 대는 순간 엄청난 좌절을 안겨줄 것 같던 책들은 펼쳐본 적이 없었고 만화책만 보며 마냥 뒹굴뒹굴했다. 걱정이 없는 날들이었다.

그 무지막지한 책들은 사실 우따의 아버지 것이었다. 그것을 알게 된 것은 『예루살렘의 아이히만』을 펼쳐보고 나서였다. 나치의 홀로코스트에 관한 수업에서 언급된 책이어서 눈길이 갔다. 책의 속지에는 "zu Stephen T. Wood, 1972. 07. 21."이라고 적혀 있었다.

"우와. 네 아버지랑 한나 아렌트가 아는 사이였어?"

내가 묻자 우따는 말없이 다가와 책을 가져갔다. 큰 힘을 들이지 않고 받아 간 책을 양 손바닥으로 누르듯이 덮었다. 그 모습이 처음 만난 날의 옅은 미소를 떠올리게 만들었다. 그 미소에서 느껴졌던 위화감도 함께 기억났다. 그 위화감의 정체는 쓸쓸함이었다. 처음 본 사람에게는 감추는 것이 자연스러울 쓸쓸함, 그러나 도저히 감출 수 없었던 쓸쓸함이었다. 우따에 관해 조금 더 알게 된 기분이었다. 더는 아무것도 묻지 말아야겠다, 그러는 것이 좋겠다고 생각했다.

*

면회소에 나온 우따는 고개를 숙인 채 말이 없었다. 묻고 싶은 것이 많았는데 입이 떨어지지 않았다. 짧은 면회 시간이 속절없이 흘렀다. 나를 봐주지 않는 그 아이를 우따라고 불러야할지 우드라고 불러야 할지, 아니면 이제 더는 부를 수 없게 된 사람인지 알 수가 없었다. 적당한 말을 찾을 수 없었던 나는 우리 사이를 막고 있는 창을 두드렸다. 그는 가만히 있었다. 다시 한번 유리창을 두드렸다. 나도 모르게 주먹에 힘이 들어갔다. 그의 뒤에 앉아 있던 간수가 내 쪽을 힐끗 보았다. 그가 천천히 고개를 들었다. 그와 눈이 마주치자 간신히 입이 떨어졌다.

"우따."

내가 그렇게 말하자 그는 조금 놀란 것 같았다. 오래전에 잊었던 기억을 되찾은 사람의 얼굴 같았다. 나는 다시 말했다.

"우따! 우따 맞지? 응?"

면회소 내에 버저가 울렸다. 신경질적인 기계음이었다. 마이크의 불이 꺼지고 간수가 일어나 우따의 옆으로 다가왔다.

"우따. 우따 맞지? 맞는 거지?"

간수의 손에 이끌려 우따가 돌아가는 동안에도 나는 계속해서 소리쳤다. 그래야 할 것 같았다. 평소의 나라면 그러지 않았을 것이다. 간수가 문을 열기 위해 잠깐 멈추었을 때 우따가 고개를 돌려 나를 보았다. 딱 한 번이었지만 분명하게 고개를 끄덕이고 문 너머의 어둠 속으로 사라졌다.

*

9월이 되고 새로운 학년이 되었을 때 학교에 이상한 소문이 돌기 시작했다. 여름까지 같이 학교에 다녔던 마리엘이라는 여학생이 실종되었다는 이야기였다. 소문을 듣고 나서야 그런 아이가 있었음을 알게 된 나와는 달리 우따는 마리엘에 대해 제법 자세히 알고 있었다. 마리엘은 필리핀 출신이었고 어머니가 모토로라 프랑스 지사의 전산팀에서 일하고 있었다. 아버지는 마리엘이 어릴 적 돌아가셨고 오빠와 남동생이 파리 7구에서 함께 살고 있었다.

"어떻게 그렇게 잘 알아?"

질투가 나는 것을 최대한 숨기며 우따에게 물었다.

"그냥. 우리 학교에 동양인 여자애는 걔뿐이었잖아."

나는 그게 이유가 되나 싶었지만 우따의 표정이 또 쓸쓸해 보여서 그 이상은 묻지 않았다.

돌이켜보면 그 시절에 내가 우따에게 더 많은 것을 물어보았으면 어땠을까 하는 생각이 든다. 우리는 지금 어떤 사이가 되었을까, 마리엘에게 조금은 다른 선택지가 주어질 수도 있었을까, 그때 그 일들의 사이에 내가 할 수 있는 뭔가가 있었을까, 여러 가능성에 대해서 생각해보게 된다. 이런 생각들이 후회나 반성이길 바라지만 확신할 수가 없다. 그때 나는 알고 싶은 것만 알려고 했던 것이 아니었을까.

내가 모르는 사이, 그러려고 애쓰는 사이에도 우따는 마리엘을 찾고 있었다. 그때 우따는 쓸쓸했을 것 같다. 싫다고 해도 더 묻고, 귀찮다고 해도 더 옆에 있을 걸 그랬다.

마리엘은 10월이 넘어가도록 학교에 나오지 않았다. 마리엘의 어머니가 회사의 공금을 횡령해서 가족이 모두 달아났다는 말이 있었다. 어딘가에서는 마리엘이 빈민가에서 필로폰을 하다가 경찰에 잡혔다는 말도 퍼져 나왔다. 또 한편에서는 그녀가 임신했기 때문에 학교에 나오지 못하는 것이라고 했다. 대놓고 흉흉한 이야기들이 학교의 곳곳을 누볐다.

그런 이야기들은 10월을 지나면서 차츰 사라졌다. 더 자극적인 이야기를 만들어내기에 아직은 조금 어린 나이들이었고, 11월 초에 있을 축제가 아이들의 관심을 끈 탓도 있었다. 중요한 것은 눈에 보이지 않는 마리엘이 아니라 자기 옆의 누군가의 눈에 드는 일이었다. 우따만이 마리엘을 잊지 않았다. 상담 선생님을 찾아가 마리엘에 관한 소문들을 해명해달라고 부탁했다. 선생님께 받은 마리엘의 집 주소로 여러 번 찾아가기도 했다. 경찰서를 찾아가 마리엘의 실종 사실을 알리기도 했다. 우따가 그런 일들을 하는 동안 나는 우따와 함께 있거나 혼자 있었다. 처음에는 우따가 마리엘을 짝사랑하고 있다고 생각했다. 그렇게 생각하자 질투가 연민으로 바뀌었다. 우따의 감정이 우정이 아닌 연정이라면 받아들일 수 있을 것 같았다. 그러나 우따의 마음은 우정도 연정도 아니었다. 그것은 더욱 고차

원적인 것으로 보였다. 우따는 그 무엇도 섞이지 않은 순수한 마음으로 마리엘을 걱정하고 그녀의 무사와 안전을 기원했다. 엄청나게 강하고 지속적인 감정이었다.

나는 우따를 이해할 수 없었다. 사실은 이해하고 싶지 않았다. 마리엘에 대한 소문이 사실이라는 근거는 없었지만 사실이 아니라는 근거도 없었다. 마리엘이 정말 형편없는 아이라서 형편없는 짓을 하고 사라졌을 수도 있지 않을까. 나는 그런 생각을 우따에게 말했다. 우따의 반응은 격했다.

"마리엘을 조금이라도 안다면 그런 말은 절대 할 수 없어!"

우따가 화를 낸 건 그때가 처음이었다. 나는 당황스럽고 분해서 아무 말 없이 집으로 돌아가버렸다. 그 이후로 우따와 조금 어색해졌다. 여전히 나란히 앉아 있었지만 그것은 수업 시간 때문이었고 대화는 깊이와 폭이 모두 어정쩡했다. 어떻게 화해를 해야 할지 고민하는 사이에도 우따는 마리엘에게만 매달려 있는 것 같았다. 응답 없는 마음만큼 사람을 지치게 하는 것이 없음을 배우게 될 즈음, 마리엘이 학교에 나타났다. 축제날이었다.

무대 공연이 막바지에 다다르자 축제는 한껏 달아올랐다. 공연이 끝나면 곧이어 댄스파티가 열릴 것이었기 때문에 학생들은 하나같이 기대감으로 얼굴이 상기되어 있었다. 아직 우따와 화해하지 못했던 나는 댄스파티 따위 어떻게 되든 상관도 없었다.

마리엘이 강당 2층을 통해 메인 무대로 내려가는 것을 발견한 건 우따였다. 무대에 오른 피터가 독창을 준비하고 있을 때였다. 우따가 내 어깨를 잡고 다급하게 어딘가를 가리켰다. 몸집이 작은 여자아이가 모자를 쓰고 책가방을 멘 채 걸어가는 것이 보였다. 우따의 눈에서 긴박함과 간절함이 느껴졌다. 우리는 무슨 말을 할 겨를도 없이 무대를 향해 뛰었다. 관람석 중앙에 있던 우리가 촘촘한 의자 사이를 헤치고 무대 근처까지 갔을 때 선생님들이 우리를 막으셨다. 그사이 마리엘은 가방에서 작은 병을 꺼내며 피터에게 걸어갔다. 무대 아래가 소란스러운 것을 본 피터가 주위를 둘러보았고 그때 마리엘이 병에 든 액체를 피터에게 뿌렸다. 액체는 염산이었다. 피터의 얼굴을 겨냥하고 뿌렸으나 피터가 일찍 몸을 돌린 덕분에 맞은 곳은 어깨였다. 피터의 새된 비명이 마이크를 타고 강당에 울렸다. 공연장은 순식간에 아수라장이 되었다. 선생님들이 모두 무대로 올라갔다. 우따는 손바닥으로 얼굴을 감싸며 무릎을 꿇었다.

마리엘은 경찰에 연행되었고 학교에서 퇴학당했다. 피터는 어깨에 심각한 화상을 입었지만 고급 의료 시설에서 회복되어

갔다. 신문과 TV 뉴스에 의해 사건이 알려지고 파리 전역이 마리엘에 대한 비난으로 가득 찼다. 우따는 아무 말 없이 학교에 나왔다가 조용히 집에 갔다. 나는 마리엘이 원망스러운 한편 우따에게도 마음이 상해서 줄곧 기분이 좋지 않았다. 그렇게 2주가 흘렀다. '마리엘 염산 테러 사건'의 여운이 남은 학교에서 또 하나의 커다란 사건이 일어났다. 그 사건 역시 학교는 물론 파리, 그리고 프랑스 전체를 충격에 빠뜨렸다. '제임스 T. 우드의 학교장 살인미수'였다.

*

목에 심한 자상을 입은 교장은 9일 만에 의식을 회복했다. 우따가 휘두른 칼날이 동맥을 비껴갔기 때문에 목숨을 건질 수 있었다. 성대와 기도에 심한 손상이 와서 호흡기와 소형 마이크를 부착한 상태로 남은 생을 살게 되었지만 그것도 그가 받아야 할 몫의 기적이라는 것이 세간의 평이었다. 일생을 교육에 바쳐온 것에 대한 보답 운운. 그럴수록 우따는 용서할 수 없는 죄인이 되어갔다. 우따는 그 어떤 항변도 하지 않았다.

우따가 교장을 공격한 이유를 알게 된 것은 면회를 가기 시작하고 7개월이 흐른 뒤였다. 그즈음 나는 우따를 찾아가는 일자체에 어떤 보람 같은 것을 느끼고 있었다. 내가 뜨거운 우정의 주인공이자 숭고한 정신의 실천자가 된 것 같았다. 그런 것이 기뻤다. 면회는 우따가 아닌 나를 위해서 한 일이었던 셈이다. 안일한 생각이었다.

우따가 저지른, 아니 우따에게 일어난 일은 나의 철없는 감정놀음에 사용될 만큼 가벼운 것이 아니었다. 그것을 깨달은 건 마리엘의 유서 때문이었다. 피터를 공격한 죄로 복역 중이던 마리엘은 감춰둔 면도칼을 삼키고 자살했다. 유서는 모두 네 장이었는데 각각 받는 사람이 달랐다. 편지의 수신인은 그녀의 가족, 피터, 교장, 그리고 우따였다.

생전에 마리엘은 우따와 몇 통의 메일을 주고받았다. 먼저 메일을 보낸 건 마리엘 쪽이었다. 마리엘은 모두가 당연하게 받아들이던 학교의 룰에 불만이 있었다. 상호 평가에서 백인 아이들끼리 좋은 점수를 나누어 갖는 것부터 식당에서 유색인종 아이들이 출입구 가까이에 앉는 것까지 모든 일에 문제를 제기하려 했고, 우따에게 함께 행동할 것을 요청했다. 우따는 섣부른 행동은 도리어 역효과를 낼 수 있으니 자중하자는 입장이었다. 문제의식에는 공감하지만 감정만으로 해결할 수 있는 부분이 없음을 근거 삼아 마리엘을 설득하려고 했다.

"겁쟁이. 도망자!"

마리엘은 우따를 비난하고 연락을 끊었다. 그러고는 인터넷 사이트를 개설해 학교 내의 인종차별 문제에 대해서 알리기 시작했다. 백인과 유색인종의 그랑제콜(Grandes Écoles) 입학률 차이를 그래프로 정리했다. 여름방학 중에는 거리에서 인종차별 개선을 위한 서명운동도 펼쳤다.

마리엘은 개학 일주일 전에 준비한 자료를 들고 교장실을 찾아갔다. 교장은 마리엘을 칭찬하고 너그럽게 웃으며 내가 조금 더 잘하겠다는 말로 그녀를 돌려보냈다. 그런 마리엘을 눈여겨본 사람이 피터였다. 우리 학년의 대표였던 피터는 마리엘의 집에 직접 찾아가 자신이 도울 일이 있을 것 같다고 말했다. 피터와 마리엘은 저녁을 같이 먹었다. 집에 돌아가는 길에 마리엘은 정신을 잃었고 근처 공원에서 하혈을 한 채로 깨어났다.

"살던 대로 살아. 조용하게."

깨어난 마리엘에게 피터는 그 말을 남기고 가버렸다. 마리엘은 흔들리는 몸과 마음을 붙들고 자신이 당한 일을 어머니에게 알렸다. 증거가 차고 넘치는데도 '증거 불충분'을 이유로 수사는 진행되지 않았고 마리엘의 집으로 험악한 사내들이 찾아오거나 한밤중에 숨소리만 들리는 전화가 걸려왔다. 모든 일의 뒤에 피터와 그의 부모, 그리고 교장이 있었다. 이 모든 것이 기록되어 있던 마리엘의 유서가 또 한번 파리를 들끓게 할 것 같았지만 그런 일은 일어나지 않았다. 신문의 사회면 마지막 장에 '염산 테러 사건의 주인공 자살'이라는 짤막한 기사 하나가 실렸을 뿐이었다. 모두가 마리엘과 그녀의 일을 잊어갔다.

*

교도소에서 우따가 나에게 딱 한 번 무언가를 부탁한 적이 있었다. 마리엘의 유서를 읽고 나서의 일이었다. 『예루살렘의 아이히만』을 가져다 달라는 것이었다. 면회를 마치고 곧장 우따의 집으로 가서 책을 챙겼다. 오랜만에 간 김에 환기하고 청소를 했다. 묵은 먼지를 털고 집을 정리할수록 마음이 왠지 허전해졌다. 냉동실에 들어 있던 감자튀김을 먹어보았지만 우따가 만든 맛이 아니었다. 어둠이 깔릴 때까지 집에서 나오지 못했다. 집이 자꾸만 나를 붙잡는 기분이었다.

다음 면회에서 책을 받은 우따는 천천히 페이지를 넘겼다. 속지를 오랫동안 들여다보다가 빨간색 펜으로 표시된 몇 페이지를 읽더니 별안간 울음을 터뜨렸다. 책 위로 굵은 눈물이 한두 방울 떨어지더니 이내 소나기처럼 책장을 덮었다. 『예루살렘의 아이히만』은 우따의 아버지가 가장 좋아한 책이었다. 그에게 감동을 준 것은 한나 아렌트가 아니라 아돌프 아이히만이었다. 인간성의 자리에 관료의식만이 남은 평범한 악, 그렇기에 지닐 수 있었던 법정에서의 당당함, 스테판 T. 우드의 인생에 큰 영감을 준 것은 그런 것들이었다.

빈민가 출신의 흑인 고아였던 우드 씨는 하늘이 주신 총명함과 뼈를 깎는 노력에 힘입어 중앙 법원의 판사가 된 기념비적 인물이었다. 우드 씨를 보살폈던 고아원에서는 그의 성공을 축하하기 위해 재정적인 무리를 하면서까지 큰 후원회를 열었지만 정작 그는 파티의 초대장을 잘게 찢어 쓰레기통에 버렸다. 어린 우따에게 그 모습은 큰 충격으로 남았다. 또 다른 충격적인 사건은 우따가 조금 더 자랐을 때 일어났는데, 우드 씨가 자랐던 빈민가 출신의 흑인 청년의 손에 그와 그의 아내가 살해당한 것이었다.

우따의 부모를 죽인 사람은 흑인 처우 개선과 근로 차별 금지 운동을 주도하던 활동가의 아들이었다. 그의 아버지는 시위가 벌어졌던 어느 날 경찰 폭행 혐의로 연행되었고 곧바로 재판에 넘겨졌다. 사실 그는 폭력 시위를 기획하지도 않았고, 뜻밖의 소요 사태에서 쓰러진 경찰을 공격하려는 다른 참가자들을 막아서기까지 했다. 증거는 충분했고 변호인도 최선을 다했다. 그러나 우따의 아버지는 그에게 11년 형을 선고했다. 판결은 논란의 대상이 되었지만 그는 흔들리지 않았다. 인종차별 관련 재판의 대다수가 그에게 넘어갔고 그는 일관된 판결을 내렸다. 그가 사망한 것은 우따의 생일 전날이었고, 아내와 우따의 선물을 사서 나오던 길이었다.

*

내가 마지막으로 우따를 찾아간 건 월드컵을 앞둔 평가전에
서 한국 대표팀이 프랑스 대표팀을 집요하게 몰아붙였다는 뉴
스를 본 날이었다. 그 경기에서 한국은 3대2로 졌지만 경기 내
용만큼은 이긴 것이나 다름없다고 했다. 나는 그 말이 참 쓸쓸
한 위로 같다고 생각했다. 아버지의 파견 근무가 끝났고 한국
으로 돌아가야 했다. 마지막 면회 날에 우따는 개운한 얼굴로
나타났다.

"다시 못 볼 사람처럼 굴지 말자."

그게 우따의 첫마디였다. 그 말 이후로 우리는 한참 동안 말
없이 앉아 있었다. 눈물이 날 것 같았다. 고개를 숙이고 있는데
도 나를 보는 우따의 따뜻한 시선이 느껴졌다. 우따가 손가락
으로 책상을 톡톡 두드렸다. 고개를 들자 우따가 편지를 내밀
었다. 편지를 건네는 손과 받는 손이 봉투의 양 끝을 쥐고 한참
그 자리에 머물렀다. 편지가 나의 손으로 넘어온 다음 우따가
자리에서 일어섰다. 분명하게 한 번, 고개를 끄덕이고 빛이 드
는 문 너머로 들어갔다.

막 귀국했을 때 한국은 절대 꺼지지 않을 불길에 휩싸인 것 같았다. 온 나라가 그랬다. 어디를 가나 붉은색 티셔츠를 입은 사람으로 넘쳐났다. 그런 옷을 입지 않으면 큰일을 당할 것 같은 분위기였다. 우리 가족도 붉은 티셔츠를 입고 시청과 광화문 앞으로 갔다. 하지만 온 세상을 불태울 것 같던 기세는 생각보다 금세 꺾였다.

"프랑스에 있지 왜 들어왔어."

선생님들이 나에게 자주 하던 말이었다. 악의는 없었고 수업이 안 풀릴 때 던지는 농담이었다. 나는 그 말이 재미있지 않았다. 대통령의 탄핵을 놓고 국회의원들이 몸싸움하는 장면을 TV 생중계로 보았던 날에는 그 말이 어쩌면 농담보다 훨씬 날카로운 종류의 말인지도 모른다고 생각했다.

나에게 파리와 서울은 크게 다르지 않았다. 비겁함이 영리함이고 침묵이 성숙이라는 것은 8,960킬로미터를 날아와도 변하지 않았다. 어떤 날에는 우따와의 만남이 후회스러웠다. 그 날들에서 등을 돌려 도망치고 싶기도 했다. 우따를 만나지 않았다면 나는 탁 트인 길을, 누군가가 그런 길이라고 말해준 적이 있는 길을, 빠르게 달릴 수 있었을지도 몰랐다. 나는 사람들이 말하는 빛나는 어떤 것을 입에 물고 태어난 사람이 맞으니까. 하지만 그러지 못했다. 그러지 않았다고 말하고 싶지만 내가 그 정도의 인간이 되었다는 확신이 없다. 다만 지켜야 할 약속이 있었고 그것에 기대었다. 누군가를 짓밟으면 무엇을 손에 쥘 기회가 있을 때마다 우따에게서 온 편지들을 읽었다. 우따가 보낸 편지는 언제나 같은 문장으로 끝났다.

더 나은 무엇이 되자. 그때 만나자.

편지를 읽고 나면 그 위로 우따의 얼굴이 떠오르곤 했다. 그 얼굴은 우는 얼굴이기도, 찌푸린 얼굴이기도, 잠든 얼굴이기도 했는데 언젠가부터 웃는 얼굴로 나타났다. 내 기억에서 가장 선명한 우따의 얼굴은 웃는 얼굴이었다. 그리고 기억해냈다. 내가 우따를 왜 우따라고 부르게 되었는지 말이다.

앙클

브레이킹

그 겨울, 누나에게 방송부와 고등학교는 동의어였다. 누나는 방송부에 들어가려고 고입 연합고사를 봤다. 세상에 그런 사람이 어디 있느냐고 묻는다면, 누나가 그런 사람이었다.

"이제 아나운서가 될 수 있어."

고등학교 합격 발표가 난 날 누나는 그렇게 말했다. 저녁을 먹는 중이었다. 나와 부모님은 동시에 누나의 얼굴을 봤다. 그리고 다시 동시에 밥그릇을 봤다. 누나가 축하나 응원을 기대하고 있다는 건 나도 알 것 같았다. 하지만 뭘 어떻게 해줘야 하는 건지는 알 수가 없었다. 아직 오지 않은 일을 덮어놓고 기뻐하는 법을 배운 적이 없어서였다. 부모님도 누나도 그런 걸 잘하는 사람들이 아니었다. 그러니 나에게 바라지 않았으면 했다. 동경하는 눈빛도, 호들갑 섞인 박수도. 그런 건 청소년 드라마에나 나오는 거잖아. 나 이런 거 저런 거 할래, 말하면 어머 너무 근사하다 얘, 말해주는 그런 거. 누나도 그랬잖아. 세상에 저런 집이 어디 있느냐고.

그러나 아무리 신경을 안 쓰려고 해도 누나에게서 뿜어져 나오는 기운이 너무 셌다. 사실 누나가 나에게 뭔가를 기대하고 있을 리는 없었다. 반응의 책임은 부모님에게 있었다. 그렇지만,

"그러든가."

어머니의 짧은 한마디가 전부였다. 누나는 서운한 기색을 감추지 않았다. 지난 1년 내내 J시 최고의 동아리이며 J여고 축제의 꽃이자 펜이자 총인, JBS의 아나운서가 될 거라고 수도 없이 말해왔거늘 어쩜 이렇게들 관심이 없느냐며. 무슨 가족이 이러냐고. 새벽까지 책상에 앉아 라디오에 보낼 사연을 쓰고 또 쓰고, 내가 대체 왜 그랬겠느냐고.

"공부했던 게 아니었어?"

어머니는 어이없다는 표정으로 누나를 봤다. 누나도 마주 봤다. 담담한 어머니와 달리 누나의 표정은 금세 일그러졌다. 누나는 질풍노도와 같이 밥상을 물리고 일어났다. 누나의 그릇에는 밥이 반 넘게 남아 있었다. 뭘 저렇게까지 화를 내? 어리둥절해하는 나의 등 뒤로 누나와 내가 함께 쓰는 방문이 쾅, 하고 닫혔다. 그러거나 말거나 부모님은 동요 없이 수저를 움직였

다. 아버지가 누나의 밥그릇을 집으며 어머니의 눈치를 봤다. 어머니는 짧게 한숨을 지으며 고개를 끄덕였다. 아버지가 누나의 밥을 뭇국에 말았다.

"무가 달다."

후루룩 국물을 들이켜는 아버지를 보면서 나도 마저 먹어야지, 젓가락으로 뭘 집어보려 했는데 먹고 싶은 게 없었다. 무가 달긴 뭐가 달아. 젓가락으로 맨밥만 한 덩이 떠서 우물우물 씹었다. 밥에서 비린 맛이 났다. 계속 씹으면 더 삼키기 힘들 것 같아서 숨을 참고 꿀꺽 넘겼다. 눈에 눈물이 핑 돌고, 정말 답답하고 화나는 일은 따로 있단 말이야, 생각했다.

그건 크로스오버 드리블이었다.

그 시절 나의 영웅이었던 앨런 아이버슨의 시그니처 무브가 바로 크로스오버였다. 183센티미터의 아이버슨이 현란하게 몸을 흔들며 드리블을 하면 족히 20센티미터는 큰 거구들이 주유소 풍선처럼 무너졌다. 사람들은 그를 '디 앤서(The answer)', '앵클 브레이커(Ankle breaker)'라 불렀다. 나는 그 별명을 꼭 갖고 싶었다. 반드시 그래야 했다.

농구를 좋아하기 시작한 것은 여덟 살부터였다. 우지원을 좋아했던 누나를 따라 '농구대잔치'의 연고전을 보던 것이 스타 TV의 NBA 하이라이트 필름을 챙겨 보는 일로 이어지고, 두 달에 한 번『슬램덩크』를 보는 것이 가장 설레는 일이 되었을 때 아파트 놀이터 앞에 농구 골대가 설치되었다. 세상 모든 것이 나에게, 어때? 농구 재미있지? 묻는 것 같았다. 아홉 번째 생일에 받은 선물은 4천 원짜리 농구공이었다. 내 꿈은 당연히 농구 선수가 되었다. 나 말고도 그런 애가 많았다. 축구 선수, 야구 선수, 〈피구왕 통키〉를 보고 피구 선수를 꿈꾸는 애도 있었다. 그 애들과 나는 운동선수가 되지 못했다. 우리 학교에는 운동부가 하나도 없었으니까. 있었다고 해도 크게 달라질 건 없었으리라 생각한다. 중요한 사실은 우리가 조금도 좌절하지 않았다는 것이다. 운동부가 아니어도 운동선수가 되는 방법이 얼마든지 있는 줄 알았다. 중학교에 가면, 고등학교에 가면, 그래도 안 되면 어른이 되어서. 그때 하면 되지. 그때까지 우리는 우리의 최선을!

그리하여 그해 겨울이 되기 전까지만 해도 나는 동네 최고의 바스켓볼 플레이어였다. 친구들은 나를 허재, 이상민, 서태웅이라 불렀다. 안정적인 볼 핸들링을 바탕으로 전개하는 반 박자 빠른 돌파, 어떤 자세에서도 득점을 만들어내는 기막힌 슈팅 능력으로 모래와 자갈이 가득한 학교 농구 코트를 접수했다. 그 때문이었을까. 여학생들에게 인기도 꽤 있었다. 인기투표에서 전교 3등을 했다는 소식을 들었을 때 몰래 기뻐하기도 했다. 그게 왜 좋은 일인지 제대로 알지도 못했으면서 기분은 무척 좋았다.

영광은 게으른 성장판 때문에 끝이 났다. 친구들이 쓰레기 소각장이나 동네 뒷산 같은 데서 바지춤을 열어 서로의 2차성 징 징후를 확인할 때에 나만 딱히 보여줄 것이 없어서 불안했는데 아니나 다를까, 아이들은 나만 빼놓고 쑥쑥 자랐다. 같은 시루에 있어서 콩나물인 줄 알았는데 알고 보니 나만 완두콩이었더라는 이야기. 낯설지 않은 이야기. 언제부터였는지 친구들은 형편없는 드리블로도 나를 지나쳐 갔고, 내 머리 위로 엉성하기 짝이 없는 슛을 던졌다. 내가 속한 팀은 자꾸 졌고, 나는 없는 사람이 되어갔고, 급기야는 깍두기 취급까지 받게 되었다. 그것은 아주 큰 문제였다. 살길을 찾아야 했다. 이대로 중학생이 된다면…… 상상만으로도 끔찍했다. 농구를 잃을 위기에 놓이니 뚜렷하게 보였다. 그러니까, 이미 학교는 인정 투쟁의 장이었고 나는 농구 하나로 버텨온 것이었다. 힘도 세지 않고 잘생기지도 않고 공부를 잘하는 것도 아닌 나, 처참하게 민낯을 드러낸 나. 큰일이었다. 중학생이 되면 두꺼비 앞의 파리 신세가 될 게 뻔했다. 남자들만 다니는 중학교란 사바나 초원과도 같다고 수없이 들어온 터였다. 약육강식, 각자도생. 하나 죽으란 법은 없었는지,

희망은 유선 안테나를 타고 내려왔다.

NBA 올스타전 뉴스. MVP가 된 앨런 아이버슨이 당당한

얼굴로 말했다.

농구는 신장으로 하는 것이 아니라 심장으로 하는 것이다 (Basketball is played not with your height but with your heart).

동공이 열리고 심장이 뛰었다. 아, 졸라 멋지다.

누나와 나는 서로의 목표에 큰 관심을 두진 않았지만 그럭 저럭 존중하며 지냈다. 나는 누나가 새벽 6시에 일어나 "안녕하 십니까? JBS 아나운서, 정연주입니다"라고 백 번씩 반복하는 걸 묵묵히 참았다. 누나는 내가 이불 위에서 사이드스텝을 밟 으며 하루를 시작하는 걸 견뎌주었다. 나는 잠귀가 밝았고, 누 나는 기관지가 약했는데도 그랬다. 그쯤 되니 곤란해진 건 부 모님 쪽이었을 것이다. 자식이라고 둘 있는 것들이 하라는 공 부는 안 하고 기행만 일삼았으니까. 울화나 짜증이 치밀 만도 했다. 그럼에도 별말은 없었다. 옆집 깨겠다, 먼지 날린다, 정도 의 말만 간간이, 별로 크지도 않은 목소리로 했을 뿐이었다. 당 시에는 우리의 노력이 인정받고 있는 것으로 생각했으나, 사실 은 귀찮았던 게 아닐까 싶다. 자식들의 답 없는 행동에 일일이 목청을 높일 힘이 없었던 날들이었을 것이다.

그즈음 우리 가족은 방 세 개에 화장실 두 개가 있는 아파트 로 이사하려던 계획을 접었고 어머니는 20년 만에 재취업을 했 다. 결혼 전에 했던 일과 아무 관련이 없는, 고깃집 홀서빙이었다. 정말이지 적성에 맞지 않는다고, 어머니는 자주 한숨을 지었다. 손님이 남긴 소주를 물병에 담아 와 저녁밥을 차리며 마시곤 했다. 아버지는 동이 트기 전에 나갔다가 오후가 되면 아파트 상가 슈퍼마켓의 파라솔에서 시간을 보냈다. 병맥주를 마셨고 안주는 치토스 바비큐 맛이었다. 나와 누나는 변함없이 학교에 다녔지만 부모님의 일상이 바뀐 만큼 예전과는 다른 공기 속에서 지낼 수밖에 없었다. 말로 설명하기 힘든 낯선 기운. 이사를 하지 않았지만 이사를 한 것처럼 다른 집에서 사는 기분이었다. 대단한 사건이 있었던 건 아니었다. 그저 약간의 무게와 약간의 어둠이 집 안 구석구석에 스며든 것 같았다. 그런 날들은 가을과 함께 왔다. 회사에 출근하는 척 나갔던 아버지는 등산을 했다. 구두 속에서 흙이 자꾸 나오고 양복바지의 밑단이 구겨져 있던 것을 어머니는 꽤 오래 모른 척했다. 그것이 아버지에 대한 배려였는지 자신을 보호하기 위함이었는지는 아직도 잘 모르겠다. 내게 지금까지 확실한 건, 상상력이 이렇게 부족하다니까, 어쩜 텔레비전에서 본 걸 그대로 따라 하나, 혼잣말을 하며 쓸쓸히 웃던 어머니의 얼굴이다. 무슨 말이지? 나는 생각만 했는데 옆에 있던 누나가 무릎을 꾹 눌렀다. 안 돼, 물어보면. 누나가 그렇게 말하는 것 같았다. 어머니는 그새 손바닥으로 눈가를 훔치고 있었다. 나는 잠자코 있길 잘했다고 생각했다. 그리고 며칠 뒤부터 아버지는 다른 일과를 보내기 시작했다.

아버지의 낮술 시간은 나와 누나의 하교 시간과 겹쳤다. 누나는 매일 아버지에게 갔다. 누나와 아버지가 집에서 자주 했던 대화를 재구성해보면 대강 다음과 같은 일이 반복되었던 것 같다.

미처 부르기도 전에 누나가 아버지에게 간다.

"또 치토스야? 좋은 거 좀 먹어. 더 비싼 거."

매일 똑같이, 하루도 거르지 않고 잔소리를 했는데 아버지 역시 매번 허허 웃으며 대답을 하는 것이었다.

"이게 좋아."

그리고 다시 허허. 아버지의 선배쯤 되는 아저씨들도 같이 허허. 그런 다음에는 다 같이 자리를 치운다. 누나의 등장이 아저씨들에게 귀가 신호가 된 것이었다. 아버지와 아저씨들은 투박한 작업화와 건빵바지를 탁탁 털며 흩어졌다. 아저씨들은 누나를 귀여워한 것 같지만 용돈이나 먹을 걸 주는 사람은 없었다.

"넌 뭐가 될 거니?"

딱 한 번, 그렇게 물어본 아저씨가 있었을 뿐이다. 누나는 활짝 웃으며 대답했다.

"아나운서가 될 거예요!"

누나의 말투를 흉내 내며 이야기를 전하는 아버지의 모습이 행복해 보였다. 누나는 아버지가 그러는 걸 달가워하지 않았지만, 어쨌든 자기 나름의 효도를 하고 있었다. 그렇다면 나는 무엇을 했나. 내가 한 일은 최선을 다해 아버지를 피해 다니는 것이었다. 나는 도저히 누나처럼 할 수가 없었다. 냄새가 풀풀 나는 아버지에게 성큼 다가갈 자신도 없었고 불쑥 말을 붙일 자신도 없었고 다른 아저씨들에게 웃으며 인사를 할 자신도 없었다. 마주치지 않는 게 서로를 위해 좋지 않을까. 그래서 시간이 두 배는 더 걸리는 아파트 뒷문 쪽으로 빙 둘러서 하교를 했다. 드리블 훈련을 한다고 생각하기로 했다. 아파트 담장을 끼고 달리면서 공을 튕겼다. 공을 놓치지 않고 집까지 도착하는 게 목표였으나 성공한 적은 없었다. 길 위에 장애물이 너무 많았다. 공과 내 몸의 리듬이 좀 맞아가는 느낌이 들라치면 돌멩이나 찌그러진 캔 같은 게 나타났다. 그날도 그랬다. 엉뚱한 방향으로 튀어 굴러가는 공을 주워 다시 출발하려던 순간, 누나가 보였다.

　누나는 처음 보는 형이랑 있었다. 그냥 친구가 아닌 것 같아서 가로등 뒤에 숨었다. 남자 친구? 어떻게 누나한테 그런 게 있지? 하지만 틀림이 없었다. 누나의 남자 친구는 내가 곧 입학하게 될 중학교의 교복을 입고 있었다. 외투 안에 입은 검은색 나이키 후드 티와 리복 앤서4 농구화가 형에게 잘 어울렸다. 농구를 좋아하는 형이다. 게다가 돈도 많나 봐. 그러니 더욱 이해가 가지 않았다. 저런 사람이 대체 왜, 누나랑 팔짱을 끼고 있는 거야?

겨울방학이 되자 누나는 체계와 효율을 중시하는 사람이 되었다. 누나는 중학생과 초등학생이 얼마나 다른지 강조하면서 나를 무시하곤 했는데, 그중에 하나가 방학 계획표였다. 그런 건 조무래기들이나 만드는 거 아니겠니? 그랬던 누나가 8절 색도화지에 국그릇을 엎어 원을 그리고 그 안을 부채꼴로 나눈 뒤 뭔가 열심히 끄적였다.

"방학 계획표?"

"JBS 입부 계획."

"JBS가 뭔데."

누나는 나를 힐끗 보더니 대답은 하지 않고 종이에 집중했다. 부채꼴 속에는 〈굿모닝 팝스〉 듣기, 발성 훈련, 워킹 연습, 미소 연습, 프로그램 아이디어 짜기, 대본 쓰기 등이 적혔다. 하루에 다섯 시간만 자는 빡빡한 스케줄이었다. 학교에서 설상가상(雪上加霜)의 뜻을 막 배웠던 나는 누나를 놀리기 위해 그 말을 썼다. 누나는 마부위침(磨斧爲針)으로 받았다. 뭐라는 거야? 기가 죽은 나에게 누나는 너그러운 얼굴로 "너의 크로스오버는 누란지세(累卵之勢)이니라" 했다. 머리까지 쓰다듬길래 칭찬인 줄 알고 웃었다.

"콩밭 매는 아하낙네야아."

조금 떨어져 앉아 있던 아버지가 갑자기 노래를 불렀다. 나와 누나가 아버지를 멀뚱히 봤다.

"이 노래 모르냐?"

우리는 고개를 저었다.

"〈칠갑산〉이라는 노래다."

"그게 뭐."

"이 노래 부른 가수가 주병선이다. JBS!"

아버지가 바닥을 탁, 치며 크게 웃었다. 어머니가 혀를 쭛, 찼다. 누나가 문을 탕, 닫고 방에 들어갔다. 나는 통, 농구공을 튕기며 밖으로 나갔다. 연습 시간이었다.

아버지가 사 줬던 공은 무늬만 농구공이었을 뿐, 가죽공이 아니라 고무공이었다. 제왕이던 시절을 함께 보낸 공이었지만 겉면이 다 닳아서 스핀을 걸 수도 없었고 골대와 백보드 사이에 한번 끼인 뒤로는 럭비공 비슷한 모양이 되었다. 친구들은 '짬뽕공'이라는 정체불명의 별명으로 내 공을 불렀다. 그 말에 담긴 명백한 조롱의 기운에 분이 치밀었고, 그럴수록 보란 듯이 내 공으로만 연습했다. 너희의 스타 농구공이나 스팔딩 농구공으로도 못 해낼 기술을 터득하고 말겠다. 최고의 플레이어가 되려면 '결핍'이라는 핸디캡이 필요하다. 뭐, 그런 생각을 했던 것 같다.

추위에 꽁꽁 언 운동장은 파도가 굳은 바다처럼 울퉁불퉁했다. 아무리 집중해서 다루어도 공은 자꾸 엉뚱한 방향으로 튀었다. 마음 놓고 공을 튕길 장소 하나가 내겐 없다. 속이 터졌다. 그리고 공도 터졌다. 화가 나서 공을 힘껏 던졌는데 그길로 다시 튀어 오르지 않았다. 언 땅 사이에 박혀 있던 유리 조각에 찔려 바람이 빠지는 중이었다. 다급하게 공을 집어 들었다. 안쪽의 고무에서 마지막 숨소리가 들렸다. 처음 잡았을 때의 진한 생고무 냄새가 났다. 공을 품에 안고 꾹 눌렀다. 공의 마지막은 초승달처럼 납작했다.

공마저 없어진 내가 할 수 있는 것은 달리는 것뿐이었다. 혹시나 하는 마음으로 겨울방학을 보내고 있었지만 키는 자랄 기미가 없었다. 하지만 괜찮았다. 키가 작은 건 핸디캡이 아니니까. 키만 껑충하게 큰 녀석들을 골탕 먹이는 것만큼 짜릿한 게 없지. 그러려면, 무조건 빨라야 했다. 점심을 먹고 나면 도서관에서 빌린 두꺼운 농구 교본 두 권과 그날그날 손에 잡히는 이런저런 것들을 가방에 몽땅 넣고 동네를 달렸다. 달리는 반동에 맞춰 무거운 가방이 들썩였다. 가방이 등을 때릴 때마다 억, 억, 소리가 절로 났다. 훈련이 아니라 수련에 가까운 방식이었지만 그렇게라도 해야 마음이 놓였다. 그렇게 해서 매일 간 곳은 학교 운동장이었다. 농구 코트는 늘 비어 있었다. 나는 스탠드에 앉아 칼바람에 모래가 날리는 풍경을 멍하니 보다가 다시 달려서 집에 갔다.

보름 정도 그렇게 보냈을까. 훤칠하게 생긴 사람이 농구공을 들고 나타났다. 마이클 조던이 날아가는 모양의 로고가 박힌 회색 트레이닝복을 위아래로 입고 검은색 볼백에서 윤기가 흐르는 농구공을 꺼낸 그는, 누나와 팔짱을 끼고 있던 형이었다. 형은 공을 가볍게 한번 드리블한 다음 점퍼를 던졌다. 골대를 향해 대각선으로 곧게 뻗은 팔과 깔끔한 손목 스냅. 의심의 여지 없이 클린 슛이었다. 저게 바로 중학생의 슛이구나. 나도 모르게 자리에서 일어났다.

"같이 할래?"

형이 말했다. 처음엔 잘못 들었나 했다. 너무 좋았으니까. 우리는 두 시간 정도 같이 농구를 했다. 1대1을 몇 게임 했고, 형이 봐줘도 이길 수 없었지만 그냥 좋았다. 형은 친절했고 재미있었고 농구를 정말 잘했다. 그리고 형의 농구공도 좋았다. 고급스러운 광택과 풍성한 반발력, 손에 착 붙는 돌기까지. 쥐고 있는 것만으로도 가슴이 두근거렸다.

"이제 가야겠다. 다음에 또 하자."

형은 약속이 있다며 먼저 갔다. 나는 손을 크게 흔들어 잘 가라고 인사했다. 또 봐. 꼭 봐. 다음에는 내가 누나의 동생이라고 말해야지. 그렇게 생각하니 얼굴이 달아올랐다. 운동장을 세 바퀴 달리고 그 속도 그대로 집으로 갔다. 묵직하던 가방이

어쩐지 가뿐했고 신호등들도 내가 달리는 속도에 맞춰 초록불을 띄웠다. 그리고 마지막 횡단보도 앞에서 형을 다시 보았다. 형은 롯데리아에 있었다. 단발머리를 한 여자와 마주 보며 웃고 있었다. 누나를 보며 웃던 표정과 같았다. 이게 무슨 일이지? 형의 맞은편에 있는 여자는 누나가 아니었다. 미우니 고우니 해도 나는 누나의 동생이었다. 뒤통수만 봐도 누나인지 아닌지 알 수 있었다. 10미터도 되지 않는 짧은 횡단보도를 건너지 못하고 있는 사이에 누나가 롯데리아로 들어갔다. 이건 또 뭐야. 나는 그제야 길을 건넜고 누나가 굳은 표정으로 두 사람 사이에 서 있는 걸 봤다.

봐선 안 되는 것을 본 기분이었다. 울었을까? 형을 보던 누나의 얼굴이 자꾸 떠올랐다. 나는 뒷덜미를 당기는 것 같은 가방을 벗어 끌어안고 달렸다. 정신없이 달려서 아버지가 있는 파라솔에 멈춰 섰다. 아버지는 굴을 까먹고 있었다. 갑자기 굴을? 어디서 난 건지 궁금했지만 중요한 건 그게 아니었다. 나는 가뿐 숨을 골랐다. 호흡이 좀 가라앉으면 말을 해야겠다. 내가 본 것에 대해 말할 거다. 그러면. 그러면? 뭐가 어떻게 되지? 나를 가만히 보고 있던 아버지는 말없이 굴 하나를 집어 나에게 줬다. 나는 그걸 받지도 물리지도 못한 채 서 있었다. 아빠, 이런 걸 먹고 있을 때가 아니야. 그러나 입이 떨어지지 않았다. 내 입을 연 건 아버지 옆에 있던 아저씨였다. 아저씨는 초장을 듬

뿍 찍은 굴을 내 입에 쏙 넣어줬다. 짜고 비리고 맵고 달고. 맛이 있었다. 몇 번 씹기도 전에 목구멍 속으로 꿀렁 넘어갔다. 더 까줄까, 내가 까줄게, 아저씨들은 듣던 대로 다정했고 며칠 만에 따뜻한 바람이 불었다. 나는 뒤돌아서 집으로 뛰어갔다. 집에는 아무도 없었다. 방에 들어가 천장을 보고 누웠다. 눈을 질끈 감았으나 시간은 짧은 한낮의 끝, 붉은 햇빛이 눈꺼풀 위에 앉았다. 그게 싫어서 손바닥으로 눈을 덮었다. 손등에 빛의 기운이 느껴졌다. 얼마나 지났을까. 어머니가 집에 돌아왔다. 식당에서 가져온 음식들의 냄새가 한데 섞여 방문 틈으로 들어왔다. 어머니의 음식보다 간과 향이 셌던 그 음식들을 나는 좋아했고 배가 고파졌다. 너무나 솔직하고 단순한 내 몸을 원망하면서 방 밖으로 나갔을 때, 누나가 집에 왔다. 누나와 눈이 마주치자마자 피했다. 울었을까? 누나는 저녁도 거른 채 방에 틀어박혔다. 밤이 늦도록 책상에 앉아 있던 누나는 뭔가를 계속 썼고 워크맨의 되감기 버튼을 수도 없이 눌렀다. 나는 누나에게서 등을 돌리고 누워 잠을 자려 했으나 틱, 차르륵, 틱, 소리에 자꾸 깼다.

다음 날부터 누나는 어딘가 더욱 비장해진 분위기로 방학 계획을 지켜나갔다. 왠지 숭고하고 장엄한 기운까지 느껴져서 약 올리는 말 같은 건 엄두도 못 냈다. 며칠 뒤, 누나가 〈이소라의 음악 도시〉의 '그 남자 그 여자' 코너에 보낸 사연이 방송을 탔다. 어머니는 무척 좋아했으나 누나는 담담했다. 누나는 선물로 도착한 파나소닉 시디플레이어는 자기가 갖고 낡은 워크맨을 내게 줬다. 재생 버튼을 눌렀을 때 처음 나온 노래는, 빠라바빠빠바, 조성모의 〈다짐〉이었다.

3월이 되었다. 봄은 조금 더 기다려야 했지만 달력의 숫자 3을 보는 것만으로도 발밑이 둥실 부푸는 느낌이었다. 나와 누나는 중학생과 고등학생이 되었다. 우리는 바삐 움직였다. 노력의 성과를 보일 때가 온 것이었다.

실전을 앞둔 주말에 우리는 어머니와 양계장에 갔다. 어머니의 중학교 선배인 아주머니가 하는 곳이었다. 아주머니의 닭들은 아주 실한 달걀을 낳았다. 그 달걀을 먹고 자란 아주머니의 아들딸은 서울대와 과학고에 다녔다. 어머니는 다른 건 몰라도 달걀만큼은 꼭 그 집에서 샀다. 양계장에 가는 동안 나는 사이드스텝, 토끼뜀, 전력 질주로 구성된 하체 훈련을 했다. 누나는 허리를 꼿꼿이 세우고 일자로 걸으며 "안녕하세요. JBS 아나운서 정연주입니다"를 반복했다. 입에 볼펜을 물어서 침이 흐르니까 손수건으로 닦아가며 계속했다. 우리와 거리를 둔 채 걸어오던 어머니는 양계장이 보이기 시작할 때쯤 우리를 앞질러 가며 말했다.

"이제 그만들 해라."

어머니는 달걀 두 판을 샀다. 양계장 아주머니는 삶은 계란 열 알을 다른 봉지에 더 담아 주었다. 그리고 어머니에게 물었다.

"쟤들 오늘 왜 저러니?"

나는 닭들을 마주 보고 양팔을 번갈아 올렸다 내리며 크로스오버 연습을 했고, 누나는 "아주 잘생긴 닭들입니다"라고 말하고 있었다. 어머니는 우리의 등을 한 번씩 툭, 툭, 치고 양계장을 나갔다. 10분 정도 걸었을 때 어머니가 버럭 소리를 질렀다.

"그만 좀 해, 망할 놈들아!"

어머니의 저주 탓이었을까. 나는 처참하게 망해버렸다. 입학 초기의 어수선한 시기가 지나고 기다리던 첫 체육 시간이 왔다. 크로스오버를 선보일 생각에 전날 밤에는 잠도 설쳤다. 자, 보아라. 너희의 발목과 무릎, 그리고 심장까지 앗아갈 천재 드리블러가 여기에 왔다. 앨런 아이버슨에 겹쳐진 내 모습을 어두운 방에 쏘아 올리며 3교시를 기다렸다.

농구 골대 아래에 모인 건 일곱 명이었다. 160센티미터가 안 되는 사람은 나뿐이었다. 나를 제외한 아이들이 잠시 순진하고 곤란한 표정을 지었다. 그중에 가장 키가 큰 아이가 조심스레 말했다.

"너는 깍두기를……"

낯선 일도 아니었고 예상 밖의 일도 아니었다. 나는 최대한 태연하게 오케이 사인을 해 보였다. 경기가 시작되고 생각보다 빠르게 기회가 왔다. 골대 45도 위치의 외곽, 패스를 받은 나는 상체를 숙이며 공을 몸 오른쪽으로 당겼다. 자세를 낮추고 날카롭게 상대를 노려봤다. 경계와 기대의 시선이 모이는 게 느껴졌다. 이제 왼쪽으로 중심을 옮기며 드리블을 시작하면 상대는 나를 따라올 것이고 그 순간, 왼 무릎의 힘을 오른 무릎으로 옮기는 추진력으로 강하게 치고 나간다. 수비수는 세상에서 제일 안타까운 자세로 엉덩방아를 찧는다. 앵클 브레이킹!

자, 시작……과 동시에 나는 쓰러졌다. 왼쪽으로 움직이자마자 수비를 하던 애가 훅 달려들었다. 트럭에 치인 것 같았다. 잠깐 별이 보이고, 정신을 차리니 턱이 덜덜 떨렸다.

"미안. 정말 미안해. 괜찮아?"

그 애가 진심으로 사과하는 게 나를 슬프게 했다.

"파울은 아니었어……."

다른 애가 작은 목소리로 말했다. 그 애 말이 맞았다. 그래서 더 슬펐다. 나머지 시간을 벤치 아래에서 쉬었다. 턱을 만질 때마다 통증 때문에 얼굴이 홧홧했다. 내가 빠진 농구 코트를 멍하니 봤다. 시합은 치열했다. 아이들은 농구를 참 잘했다. 키도 크고 농구도 잘해요. 만화책에서 봤던 대사가 자꾸 떠올랐다.

"줄넘기를 해. 그거 하면 키 큰다."

체육 선생님이 하품하듯이 말했다.

"크로스오버를 잘하려면요?"

내가 말했다.

"크로스…… 그게 뭐냐?"

나는 조금 더 슬퍼졌다.

저녁 내내 농구공을 사 달라고 졸랐다. 부모님은 내 공이 터진 것도 몰랐다. 그게 야속해서 더 매달렸다. 두 시간을 동동 구른 끝에 아버지의 입을 여는 데 성공했다.

"얼만데."

"2만 원."

어머니가 한숨을 푹 쉬었다. 아버지는 리모컨이 어딨냐, 하며 자리를 떴다.

"다녀왔습니다."

누나가 집에 왔다. 나는 누나에게 붙었다. 누나에게 말하면 무슨 수가 생기지 않을까 하고.

"누나, 나 농구공……."

방으로 들어가던 누나가 갑자기 몸을 홱 돌렸다. 누나의 단발머리 끝이 얼굴을 때렸다. 누나는 숨을 크게 들이마셨다가 천천히 내쉬었다. 숨소리를 따라 어깨도 같이 올라갔다가 내려왔다.

"철 좀 들자."

누나는 나지막하게 말하고 방문을 닫았다. 아무 대꾸도 못했다. 누나의 눈가에 눈물이 맺혀 있었다.

누나는 '야자'를 시작했다. 나는 그 말에서 느껴지는 달콤함과 나른함 때문에 뭔가 재밌는 걸 하나 보다 생각했는데, 공부하는 시간이라는 걸 알고 누나가 불쌍해졌다. 언젠가는 나도하게 될 일이라는 건 미처 생각지 못했다. 어머니는 내게 야자가 끝나는 시간에 맞춰 누나를 데리러 가라고 했다.

"밤길이 위험하잖니."

나보다 누나가 더 힘이 셀 텐데? 그래도 갔다. 그즈음의 며칠 동안 누나는 방에서 한마디도 하지 않았다. 벽과 등 사이에 베개를 대고 앉아서 선물 받은 시디플레이어로 음악만 들었다. 눈은 천장과 장롱 사이의 어두컴컴한 곳만 봤다.

"저기 뭐가 있어?"

내가 물었을 때 누나는 대답 대신 슬며시 웃었다. 그 순간 무엇인지 모를, 빛인지 그림자인지 알 수 없는, 밝으며 어두운 무언가가 누나의 얼굴 위로 지나가는 걸 본 것 같았다. 그게 뭐였을까. 나는 자주 고민하게 되었다. 그래서 누나를 데리러 갔다.

누나를 기다리는 시간은 지루했다. 산을 깎아 만든 J여고에 가려면 가파른 오르막길을 올라야 했다. 얼마 전이었다면 훈련이라 생각했겠지만 더는 아니었다. 학교 건물에서 나오는 불빛은 운동장까지 비추지는 못했고 나는 창문을 보면서 괜히 우울해졌다. 할 일이 없어서 운동장 구석에 있는 연못 앞에 앉아 꺼룩한 물속으로 돌을 던졌다. 물은 더러웠고 물고기도 없었다. 어둠을 뭉쳐놓은 것 같은 연못을 들여다보던 날들은 뒷문 쪽에 문구점이 문을 열면서 끝났다. 며칠 동안 문구점 앞에 가만히 서 있었다. 천막 아래에 주렁주렁 매달린 농구공 세 개를 홀린 듯이 올려다보았다. 그러다 참지 못하고 공 하나를 품에 안았다.

"2만 원."

주인아저씨가 밖으로 나왔다. 잠시 침묵이 흘렀다. 귓가에 포트 마이너의 〈Remember the name〉의 전주가 흐르기 시작했다. 공을 들고 냅다 달렸다. 현란한 스텝을 밟으며 달린다는 느낌이었지만 아저씨는 준족이었다. 거지 같은 놈, 도둑 새끼. 아저씨가 꿀밤을 먹이며 욕을 했다. 눈물이 찔끔 났다. 야자가 끝난 시간이었다. 누나들이 모여들었다. 인파 사이에서 누나가 나타났다. 누나는 하킴 올라주원이 블록숏을 하듯이 내 머리를 철썩, 때리고 아저씨에게 공을 돌려주었다.

"죄송합니다. 죄송해요."

거듭 사과하며 내 머리를 땅에 꽂을 듯이 눌렀다.

"누나, 나 맞았는데……."

누나는 내 머리에 블록숏을 한 방 더 먹이고 아저씨에게 고

개를 숙였다. 다른 누나들이 수군대며 흩어졌고 우리는 한마디
도 하지 않고 집으로 돌아갔다.

4월이 코앞인데 눈이 왔다. 학교 운동장은 온종일 텅 비어
있었다. 그날 밤도 누나를 데리러 갔다. 눈이 덜 쌓인 가장자리
쪽으로 조심조심 걸어 올라갔다. 아이버슨이라면 이런 길쯤 단
숨에 오르겠지. 그런 생각을 자꾸 하는 내가 미워졌다.

"왜 벌써 나와?"

"쨌어."

"뭘 째."

"야자."

"째는 게 뭔데."

누나는 대답하지 않았다. 가만 보니 늘 나오던 쪽과 방향도
달랐다.

"어디서 오는 거야?"

"뒤뜰에 개구멍이 있다."

"사람이 왜 개구멍으로 다녀."

누나는 둘둘 말린 종이를 내밀었다. 앨런 아이버슨 브로마
이드였다.

"뭐야."

"보시는 대로."

"샀어?"

"훔쳤다."

"어떻게?"

누나는 이번에도 대답하지 않았다. 대신 내 손을 쥐고 걸었다. 빠른 걸음이었다.

"조심해."

내가 말했다.

"농구공은 너무 크더라."

누나는 자꾸 엉뚱한 소리를 했다. 눈 쌓인 내리막길을 걷느라 우리는 마주 본 채로 게걸음을 했다. 누나가 내 손을 꼭 잡았다. 나도 똑같이 했다. 내리막길이 끝났을 때는 손에 땀이 차 있었다. 누나는 교복 치마에 손을 쓱쓱 문지르며 말했다.

"잘 돼가?"

"뭐가?"

"크로스오버."

나는 고개를 숙였다. 누나가 내 뒷머리를 잡고 당겼다.

"고개를 들라."

말하지 않아도 알―아요. 귓전에 초코파이 시엠송이 들렸다. 환청인가 했는데 스피커에서 나오는 진짜 노랫소리였다. 노래가 끝나고 마이크에서 울리는 목소리가 밤하늘에 퍼졌다.

"안녕하세요. JBS 신입 아나운서 김은지입니다."

예쁜 목소리라고 생각했지만 누나에게는 말하지 않았다.

다시, 크로스오버. 그것만 생각했다.

공중

정원

혜란은 새벽이 깊어가도록 잠들지 못했다. 두근거림이 멈추지 않아서였다. 평소보다 이른 시간에 이불을 덮고 누웠지만 도무지 잠이 오지 않았다. 연예인 부부들이 나오는 예능 프로그램을 보며 맥주를 마시다가 1시가 넘어 방에 들어온 성호는 눕자마자 잠이 들었는데도 혜란의 머릿속은 맑아져만 갔다. 곤히 잠든 성호의 얼굴을 한번 보고, 천장을 한번 보고, 또 성호의 얼굴을 봤다. 잠든 얼굴을 보는 건 오랜만이었다. 자는 얼굴이 아이 같은 사람이었지. 잊었던 생각이 떠올라 흐뭇한 마음이 일었고 성호의 볼에 입을 맞추었다. 성호는 몸을 움찔하더니 찰싹 소리가 나게 볼을 때리고 돌아누웠다. 혜란은 성호의 등을 물끄러미 보다가 피식 웃고 이불을 올려주었다. 깍지 낀 두 손을 가슴 위에 올리고 가지런히 눈을 감았다. 몇 개의 장면이 눈꺼풀 아래로 촤르르, 지나갔다. 혜란의 얼굴 위로 미소가 내렸다. 이사를 앞둔 밤이었다.

혜란은 열일곱 살 때 처음으로 도시에서 살게 되었다. 진주에 있는 학교에 입학하면서였다. 그녀의 부모가 삼천포에서 제일 큰 횟집을 한 덕분에 6남매의 막내딸이었던 혜란까지 고등학교에 다닐 수 있었다. 그런 일이 흔하지 않던 시절이었다. 진주로 가기 전날 밤, 혜란은 늦게까지 잠을 이루지 못했다. 도시에 간다. 혼자서 간다. 정말로 간다. 어두운 방에 혜란이 쏘아 올린 무수한 '간다'가 빛나던 밤이었다. 혜란은 반짝이는 '간다'들을 황홀하게 올려다보다가 밤을 지새웠다. 열두 살 때 처음 가본 진주는 혜란에게 너무나 경이로운 세계였다. 어디를 가도 바다는커녕 바다 냄새도 없었다. 물기 없는 공기가 산뜻하게 몸을 감았다. 도시 한가운데 성(城)을 품고 있는 이곳은 얼마나 넓은 곳일까. 남강은 어쩜 저리도 점잖게 흐를까. 그 강을 가로지르는 큰 다리를 짓기 위해 얼마의 시간들이 모였을까. 어린 혜란은 촉석루에 앉아 생각했다. 여기에 우리 집이 있다면……. 작은 가슴이 쉴 새 없이 오르락내리락했다. 그날 이후 혜란은 틈만 나면 진주에서 살자고 어머니를 졸랐다.

"니는 뭐 숨만 쉬면 진주 타령이고!"

어머니는 생선 피가 묻은 칼을 허공에 지르며 혜란을 떼어

냈다. 하지만 혜란의 끈기도 못지않았다. 마침내 열다섯 생일에 아버지로부터 약속 비슷한 것을 얻어냈다.

"공부 열심히 해가꼬, 진주여고 가모 되긋네."

혜란은 악착같이 공부해서 삼천포여중을 1등으로 졸업하고 진주여고에 들어갔다. 진주에서의 날들은 꿈만 같았다. 생선보다 돼지고기가 자주 올라오던 하숙집의 식탁, 친구를 따라간 성당에서 만난 옆 학교의 오빠, 그가 써 준 편지에 적혀 있던 백석의 시, 야간 자습을 빼먹고 본 〈E. T.〉, 극장을 나오면서 친구들과 맞대었던 손가락, 터지던 웃음, 웃음들…… 모든 것이 좋았다. 하지만 혜란은 2학년이 되지 못했다. 횟집에서 물회를 먹은 일가족이 집단으로 비브리오 패혈증에 걸렸고, 그중 가장 어린 아들이 사망하는 일이 벌어진 것이었다. 횟집은 거액의 합의금과 함께 폐업했다. 타지에서 학교에 다니던 네 딸이 모두 삼천포로 돌아왔다. 집기들이 모두 빠진 횟집의 쪽방에 언니들과 모인 밤, 혜란은 터뜨리지 못한 울음을 삼켰다. 어둠 속, 자매들의 손바닥 안에 땀이 촉촉하게 차올랐다.

이삿짐센터 직원들은 아침 7시에 정확하게 도착했다. 혜란은 5시 반에 일어나 샤워를 하고 머리를 만지고 화장을 하고, 6시 20분에 성호를 깨워 아침을 먹었다. 혜란이 언제나 분 단위의 시간까지 지켜야 직성이 풀리는 사람인가 하면 그건 아니었다. 잘 벼린 칼로 자르듯 시간을 나누어 움직인 것은, 혜란에게 이사란 한 치의 오차도 없어야 하는 일이었기 때문이다. 6시 50분이 되었을 때 혜란과 성호는 거실 소파에 나란히 앉아 있었다. 시계 초침을 따라 눈동자를 굴리던 성호가 입을 쩍, 벌려 하품을 했다. 혜란이 성호의 어깨를 찰싹, 때렸다. 성호는 맞은 자리를 손으로 몇 번 문지르고 눈을 감았다.

학교도, 진주도 그리웠지만, 그래서 슬펐지만, 가계를 다시 일으키려는 부모의 노력을 보고 있자니 감정 같은 건 사치로 느껴졌다. 삼천포에서 도망치듯 떠난 혜란의 가족이 간 곳은 거제도였다. 조선 경기가 호황이던 시절이었다. 혜란의 부모는 조선소 근처에 작은 백반집을 열었다. 장사를 시작한 지 얼마 지나지 않아 눈코 뜰 새 없어졌다. 월식을 달아놓은 손님이 대부분이라 종일 일을 했다. 가족은 두 개 조로 나뉘어 새벽 6시부터 밤 10시까지 장사했다. 전쟁이었다. 가게가 자리를 잡아갈 즈음, 건물주는 전세금을 올리겠다 했고 비슷한 가게들이 자꾸 생겨났다. 혜란의 부모는 구체적으로 뭘 어떻게 하라는 건지 설명도 없이 우리 더 열심히 하자, 했다. 혜란은 열심히 했고, 그러다 왈칵, 눈물을 쏟았다. 오전 일을 마치고 들어오는 어머니와 언니들의 얼굴이 처참해서였다. 처참한 기분이야. 여고 시절에 시험을 망친 친구가 그렇게 말했을 때는 그게 어떤 기분인지 정확히 이해할 수 없었지만 이제는 알 것 같았다.

"장사 전에 와 울고 지랄이고!"

소리를 빽 지르는 어머니의 목소리도 처참해서 울음이 멈추지 않았다.

더위가 시간을 앞질러서 왔다.

"아직 5월인데……. 이삿날 비가 와야 잘 산다는데……."

혜란은 살면서 한 번도 해본 적 없는 말을 했다. 이삿짐센터 직원들은 물에 적신 수건을 목에 두르고 묵묵히 짐을 빼 갔다. 혜란은 오렌지 주스와 냉수를 부지런히 나눠 주었다.

"잘 부탁해요."

"어어, 조심조심……."

혜란이 말해도 직원들은 대답 없이 일만 했다. 9시가 되기 전에 집 안이 텅텅 비었다. 이렇게 넓은 집이었나. 혜란은 소파가 있던 자리, 침대가 있던 자리, 동혁의 책상이 있던 자리를 하나씩 눈으로 짚어 보았다. 그 자리들은 조금씩 눌리고 색이 바래 있었다. 손가락으로 문질러봐도 시간의 자국은 지워지지 않았다. 이곳에 무엇이 왔었나. 우리는 무엇이 되었나. 잠시 그런 생각을 했다.

쿵쿵.

성호가 현관문을 두드리며 고갯짓을 했다.

"나갈게."

혜란이 종종걸음으로 나오고 문이 닫혔다. 익숙한 잠김 벨소리와 잠금쇠 걸리는 소리가 들렸다. 잘 지내라는 인사 같았다.

여고 친구들이 거제에 왔을 때 혜란의 입에서 반갑다는 말이 쉽게 나오지 않았다. 혜란은 그 말을 대신해 있는 힘껏 미소를 지었다. 여름방학의 귀중한 하루를 자신을 보러 오는 데 써준 친구들에게 혜란이 할 수 있는 최선이었다. 첫째 언니의 배려로 일을 쉬고 친구들과 하루를 보냈다. 바다를 보고 싶어 하는 친구들과 해수욕장에 갔다. 친구들은 밀려오는 파도 쪽으로 꽃망울 같은 비명을 터뜨리며 달려갔다가 발끝을 적시고 돌아왔다. 저런 게 재밌을까. 혜란은 친구들을 두고 슈퍼에 가서 아이스크림을 샀다.

"니는 바다 맨날 보니까 좋겠다."

정희가 말했다. 인선이 정희의 옆구리를 쿡 찔렀다. 조용해졌다.

"왜 애 말을 못 하게 하노."

혜란이 말하자 그제야 친구들이 다시 웃었다. 친구들을 배웅하고 돌아오던 길에 혜란의 기분은 처참했다. 정희의 말에 잠시 조용해졌을 때 친구들과 자신이 본 것이 떠올라서였다. 그들이 본 것은 서로의 손이었다. 볼펜을 쥐느라 손가락 마디에 굳은살이 생긴 친구들의 손과 설거지를 하느라 습진이 생긴 혜란의 손. 그 손들은 다시 맞잡기에 너무 멀어진 것 같았다. 그리고 그것에 대해 아무런 말도 하지 않았던, 어쩌면 못 했던, 그 순간이 장면으로 남았다. 친구들과 다시는 만날 수 없으리라는 걸 혜란은 알았다.

이삿짐을 실은 대형 트럭이 앞장을 서고 혜란과 성호의 차가 그 뒤를 따랐다. 혜란은 조수석에 앉아 초록색 트럭에 그려진 로고를 보았다. 어깨에 짐을 멘 사람이 빠르게 뛰어가는 픽토그램이었다. 혜란의 머릿속에 다른 이삿짐센터의 이름들이 지나갔다. 비탈을 내려가다가 트럭 뒤를 들이받아 이사 비용만큼의 합의금을 물었던 날, 성호가 엉뚱한 방향으로 차를 몰아 이삿짐을 다 풀 때까지 다툰 날, 용달차의 잠금장치가 풀려 성호의 난초 화분이 도로 위로 쏟아졌던 날, 그리고 또 많은 날들. 돌이켜보면 순탄했던 이삿날이 없었다. 이제는 저런 트럭의 뒤를 따라다닐 일이 없겠지. 부산 톨게이트를 지나며 혜란은 무릎 위에 놓인 손에 꼭, 힘을 주었다.

스무 살이 되었을 때 혜란은 다시 도시 구경을 했다. 서울에서 취직을 한 큰오빠가 가족들을 초대한 것이었다. 오빠는 회사 선배에게 빌린 봉고차를 끌고 나왔다.

"언제 이래 다 커가꼬…… 운전까지 배웠노."

어머니는 저고리 고름으로 눈물을 찍었지만 혜란은 그런 감상에 젖을 여유가 없었다. 말로만 들어봤던 서울은 혜란이 경험한 세계의 상식을 모조리 뛰어넘었다. 서울에 비하면 진주는 헐겁게 짠 어망(漁網) 같았다. 오빠가 운전하는 봉고차를 타고 63빌딩, 경복궁, 남산타워를 정신없이 구경했다. 다른 가족들은 꾸벅꾸벅 졸기도 했지만 혜란은 피곤한 줄도 몰랐다. 차창에 이마를 대고 쉼 없이 바뀌는 서울의 풍경을 열심히 눈에 담았다. 저녁 식사는 경양식 집에서 했다.

"여기가 식당이라고?"

"너무 비싼 데 아이가?"

가족들은 놀랐다. 그것이 큰오빠를 더욱더 즐겁게 했다. 잔잔한 음악이 흐르고, 테이블 사이의 간격이 넓고, 한 사람 몫의 음식이 각각의 접시에 나오는 그곳에서 혜란은 순간 멍해졌다. 물수건으로 닦으면 새까만 기름이 묻어나는 손으로 제육을 집고 된장을 퍼먹던 시끄러운 사내들이 떠올랐다. 큰오빠가 잘게 자른 돈가스 접시를 혜란의 접시와 바꾸어주었을 때야 아, 여기가 식당이 맞구나, 생각했다. 포크로 돈가스를 찍어 한입 먹었다. 삼키고 싶지 않을 정도로 맛있었다.

"이러다가 내려가는 차 놓치는 거 아이가."

식사를 마치고 터미널로 가는 길은 퇴근 시간이 지났는데도 꽉 막혀 있었다. 아버지가 시계를 보며 초조해했다.

"괜찮아예. 남산터널만 지나면 금방 뚫릴 겁니다."

한강 위에 동동 뜬 가로등 불빛을 손가락으로 짚어보고 있던 혜란은 오빠의 말에 정신이 번쩍 났다. 남산터널만 지나면 뚫린다. 그런 말은 진짜 서울 사람만 할 수 있는 말 같았다. 오빠는 이제 정말 서울 사람이 된 걸까. 혜란의 머릿속에 진주에서 삼천포로 돌아가던 열일곱의 어느 날이 떠올랐다.

부산에 들어서자 차는 한참을 오도 가도 못 했다. 부산의 교통 체증은 예상한 것이었지만 혜란의 마음은 자꾸 끓었다. 집이 어디로 도망가는 것도 아닌데, 빨리 가고 싶었다. 집이 가진 온도와 채도와 향기 같은 것을 얼른 느끼고 싶었다. 그것이 내 것이라고 말하고 싶었다. 혜란은 초조한 마음으로 성호를 보았다. 더워서인지 얼굴이 조금 달아올랐을 뿐 별생각이 없어 보였다. 무심한 사람. 언제부터인지 몰라도 말수 적고 감정도 적은 사람이 된 성호에게 화가 났던 적도 많았다. 하지만 그것도 이제는 다 옛날 일이었다. 어쨌든 여기까지 함께 와주었으니까. 그걸로 됐다. 충분하다. 이만하면 좋다. 혜란은 또 혼자서 마음을 풀었다. 그사이 길도 풀려서 바다가 보이기 시작했다. 해운대였다. 그 곁에 찌를 듯 솟은 혜란과 성호의 새집도 보였다. 매끄러운 배면의 곡선에서 전통의 미가, 찬란히 반짝이는 통유리 외벽에서는 첨단의 미가. 광고에 나왔던 말 그대로였다. 하늘에 닿을 것 같은 67층짜리 초고층 아파트. 사람들은 그 건물을 '바벨탑'이라고 불렀다. 혜란은 그 말이 마음에 들었다. 빽빽한 통유리창들 중에서 어떤 것이 자기 것인지 혜란은 가늠해보았다. 눈이 시렸다.

서울에 다녀온 뒤로 혜란에게 버릇이 하나 생겼다. 가게 밖을 멍하니 바라보는 것이었다. 손님이 있으나 없으나 부지기수로 그랬기 때문에 둘째 언니에게 등짝을 얻어맞는 일이 잦았다.

"바빠 죽겠구만 뭐 하는데!"

혜란도 그러고 싶지 않았는데 눈길은 자꾸 바깥으로 갔다. 가게 앞에 쏟아진 햇빛 속으로 한 걸음만 내디딘다면, 뒤도 돌아보지 않고 도망친다면, 어떨까, 어떻게 될까. 그즈음이었다. 성호가 식당에 드나들기 시작한 것이. 각이 완만한 하얀 얼굴과 긴 손가락을 가진 성호는 다른 직원들 사이에서 눈에 띄었다. 그가 닦은 물수건에는 기름때가 묻어 있지 않았다. 허리를 꼿꼿이 세우고 정확한 숟가락질과 단정한 젓가락질로 밥을 먹었다. 늘 밥을 한 숟갈 정도 남겼는데 그 모습을 보고 혜란은 그가 여기 있을 사람이 아닌 것 같다고 생각했다. 밥솥 하나가 고장이 나는 바람에 정신없이 점심시간을 보낸 날, 손님이 모두 빠져나간 뒤에 성호가 왔다. 혼자서 왔다. 아버지와 둘째 언니는 주방에서 설거지를 하고 있었다. 혜란이 성호에게 음식을 차려주었다. 성호가 밥을 먹는 동안 혜란은 멀찌감치 앉아서 바깥을 봤다. 성호의 뒷모습도 살짝살짝 봤다.

"어디를 그렇게 봅니까."

성호가 어느샌가 다가와 밥값을 내밀었다. 혜란은 아무 말도 못 했다. 지금 내 얼굴이 바보 같겠지. 그런 생각을 하자 얼굴이 발갛게 달아올랐다. 성호는 그런 혜란 옆에 잠시 서 있다가 식탁 위에 돈을 놓고 나갔다. 천 원 지폐 세 장 아래에 쪽지 하나가 있었다.

저 창원으로 갑니다.

글씨체가 단정했다. 아래에 0551로 시작하는 전화번호도 있었다. 그 이후 성호는 일요일마다 혜란을 보러 왔고 딱 1년째 되던 날, 새로 맞춘 양복을 입고 와서 청혼을 했다.

아파트가 눈에 보이자 도착까지는 금방이었다. 오른쪽에 바다를 두고 달리게 되면서부터는 창문을 열었다. 바람에서 왠지 짭조름한 맛이 느껴지는 것 같았다. 해변의 모래 향기 같은 것도 날아왔다. 어릴 적에 그렇게 싫어했던 것들이 이제는 반가울 따름이었다. 혜란은 손을 조금 내밀었다.

"그래, 내가 왔어."

나지막이 속삭이며 해운대의 바람과 악수를 했다. 내비게이

션이 도착 5분 전을 알렸을 때, 이삿짐 트럭이 두 사람의 차 뒤로 이동했다. 아파트까지 이어진 길에 차도 사람도, 무엇도 없었다. 혜란의 심장이 빠르게 뛰었다. 성호가 아파트 지하 주차장 입구에서 감속하자 전광판에 '입주 차량'이라는 글자가 뜨고 차단기가 올라갔다.

혜란은 집에 들어가 곧바로 통유리 앞에 섰다. 공중 정원이 보였다. 분양 때부터 아파트의 자랑으로 소개하던 것이었다. 분수가 있는 자그마한 호수와 그것을 둘러싼 푸른 잔디, 우아한 벤치, 고즈넉한 오두막. 정원 위의 모든 것은 아파트 2층과 3층 정도의 높이에, 시공사의 말을 빌리자면, '떠' 있었다. 공중 정원의 아래는 강화유리로 만들어진 투명한 기둥이 받치고 있었다. 내 집 앞의 공중 정원! 자연 친화적인 휴식 공간! 거창했던 광고 문구는 조금 과하다 싶은, 인공성이 강한 구조물이었지만 거기에서 오후를 보내는 사람들의 모습은 혜란이 그리던 여유와 닮아 있었다. 계절은 봄과 여름 사이. 혜란은 정원 쪽으로 손을 뻗었다. 그래요, 내가 왔어요.

좋아하긴 하지만 결혼까지는……. 청혼을 받던 당시에 혜란의 마음이었다. 혜란이 결혼을 결심한 것은 성호가 창원을 보여준 다음이었다. 자신이 일하는 곳이 얼마나 믿음직한 곳인지, 그러므로 자신이 얼마나 믿음직한 사람인지 보여주고 싶었던 성호의 의도가 아주 정확히 맞아떨어진 건 아니었지만, 혜란의 마음은 크게 흔들렸다. 창원에서 살고 싶다. 혜란은 신혼여행을 하고 올 때까지도 그 생각을 외면했지만 신혼집으로 들어가는 길에 결국 인정할 수밖에 없었다. 성호가 좋지만, 창원에 사는 성호라서 더 좋다는 것을. 서울에서 받은 오감의 충격이 아직 남아 있었지만 창원도 혜란을 행복하게 만들었다. 서울에는 차가 너무 많았어. 공기가 탁했지 아마. 이런 생각들을 하면 아쉬움도 조금은 가라앉았다. 바닷가 마을에서 빠져나왔다. 그것도 좋아하는 사람과. 그걸로 만족할 수 있었다. 창원으로 이사를 하고 첫 일주일을 보내는 동안 혜란은 성호에게 이것저것을 부탁했다. 도청 앞에 데리고 가줘. 8차선 도로를 보여줘. 영화관에 가자. 경양식 집에서 저녁을 먹자. 성호는 그 부탁을 모두 들어주었다.

이다지도 기쁜 날들일 수가.

혜란은 찬장 높이 숨겨둔 일기장에 그렇게 썼다. 그리고 바로 밑에 조그맣게 또 한 줄을 적었다.

고마워.

"고마워."

새집의 새 침대에서 혜란이 말했을 때 성호는 어리둥절해졌다. 나에게 고마울 게 대체 뭘까. 이 집에 살게 되어 고마운 것이라면 그건 앞뒤가 맞지 않는 말이었다. 그 집은 성호의 힘으로 산 것이 아니었다. 엄밀히 말해 집 면적의 대부분은 여전히 다른 누군가의 것이었다. 집에 들어오기 위해 준비한 돈도, 앞으로 갚아야 할 돈도, 그간의 성호가 벌어 온 돈으로 감당할 수 없는 것이었다. 기적에 가까운, 보통은 무리라고 하는 이사였다. 기적을 행한 것은 혜란이었다. 돈을 모은 것도, 공인중개사들과 친분을 쌓은 것도, 분양권을 따낸 것도, 그리고 앞으로 이 집을 지탱할 아들을 키워낸 것도, 모두 혜란이 한 일이었다. 그러니 자신은 고맙다는 말을 들을 자격이 없다고, 성호는 생각했다. 설령 자신에게 그런 자격이 있다 해도 이제 그런 말은 듣고 싶지 않았다.

서울에 사는 큰오빠와 수원에 사는 작은오빠가 여름휴가 날짜를 맞춰 창원에 온 일이 있었다. 오빠들이 오기 일주일 전부터 혜란은 분주하게 움직였다. 동혁의 방과 짐 방을 비우고 단순하면서도 기품이 있는 인테리어 용품들을 들여놓았다. 성호가 회사에 가 있는 동안 시내버스를 갈아타며 신시가지에서 보여줄 만한 곳들을 찾아냈다. 경상남도에 처음 생겼다는 대형마트에서 시장을 보고 푸짐하게 상을 차렸다. 오빠들이 도착했다는 전화에 혜란의 마음은 부풀었다. 성호와 동혁의 손을 잡고 오빠들이 올라오기를 기다렸다. 그러나 문이 열리고 오빠들의 가족이 하나둘 들어오는 동안 혜란의 마음은 입을 닫지 않은 풍선처럼 어지럽게 부유했다. 어른 네 명과 아이 세 명이 좁은 문을 차례로 통과했을 때, 그들의 신발이 현관을 꽉 채우고 복도까지 밀려난 것을 봤을 때, 혜란은 생각했다. 세상에, 우리 집 진짜 작네. 거실에 차린 저녁상에 둘러앉은 열 사람의 얼굴에 땀이 송골송골 맺혔다. 베란다의 바깥 창문까지 모두 열고 선풍기를 강풍으로 돌려보아도 땀이 계속 흘렀다. 혜란이 내놓은 아귀찜, 갈비탕, 잡채, 산적, 소불고기, 두릅회, 두부김치는 무엇 하나 줄어들 기미가 없었다.

"란이가 우리 때문에 너무 고생한다."

이틀을 묵기로 했던 오빠들은 하루 만에 떠났다. 오빠들을 배웅하는 동안 혜란의 등줄기로 계속 땀이 흘렀다.

6월이 되면서 기온이 심상치 않게 올라갔다. 혜란은 성호가 집을 비운 낮 시간이 너무 길게 느껴졌다. 더위에 시간이 녹아 붙은 것처럼 하루가 가지 않았다.

혜란은 〈무엇이든 물어보세요〉에서 보았던 오존층 파괴, 복사열, 열섬, 엘니뇨 같은 말을 떠올렸다. 소파에 앉아 통유리 너머로 해운대를 보는 것이 시각적 위안을 주었지만 그마저도 오래 즐길 수는 없었다. 너무 더웠다. 블라인드를 죄다 내리고 에어컨을 켜야 청소도, 요리도 할 수 있었다. 집안일을 마치면 에어컨을 *끄고* 블라인드를 올렸다. 얼음물 한 컵을 들고 창밖을 내다보는 것이 혜란의 휴식이었다. 바다가 보이고 해변이 보이고, 공중 정원이 보였다. 정원에 나온 사람들의 손에 커다란 부채나 휴대용 선풍기가 들려 있었다. 이 더운 날에 밖에서 왜, 생각하며 먼 곳으로 시선을 옮겼다. 정원의 뒤편은 해수욕장이었다. 너울너울 몰려왔다가 거품을 일으키며 빠지는 바닷물과 해변을 거니는 몇 명의 사람에게서 여유와 평화가 보였다.

"그래, 바다가 좋기는 하지."

혜란은 혼잣말을 했다.

오빠들이 다녀간 이후로 창원의 어디를 가도 예전 같지 않았다. 혜란은 고민했다. 어떤 고민을 해야 할지 모르는 불안함에 대해 고민하다가 그런 날들을 반복하면서 두 개의 질문과 마주하게 되었다. 더 나은 삶이 어디에 있을까. 어떻게 하면 거기에 닿을 수 있을까. 동혁이 초등학교에 입학하던 즈음이었고, 학부모 모임에서 만난 다른 엄마들의 이야기가 혜란을 움직이게 했다. 이사할 곳을 알아보고 동혁에게 가르쳐야 할 것들의 목록을 짰다. 계산기를 아무리 두드려보아도 성호의 벌이만으로는 혜란의 계획이 실현될 수 없었다. 학부모 모임에서 만난 희주 엄마의 소개로 보험설계사 일을 시작했다. 성호는 달가워하지 않았다.

"지금도 큰 문제 없잖아."

성호가 말했을 때 혜란은 대답 대신 노트를 보여줬다. 주민 등록상의 주소지와 삶의 질의 상관관계, 출신 학군과 인생의 성취 정도의 비례 곡선 등이 기록된 신문 기사를 스크랩한 것이었다. 성호의 눈동자가 깊은 터널의 한가운데처럼 변하는 것을 혜란은 볼 수도 있었지만 보지 않았다. 먼 곳을 보고 높은 곳을 보았다. 성호의 인맥을 바깥부터 헐어가며 고객을 늘렸다. 집이 넓어졌고 동혁의 성적이 올라갔다.

최고기온이 30도를 넘어갈 거라는 일기예보가 일상이 되자 곧 장마가 시작되었다. 더운 공기에 습기까지 더해지자 숨이 턱턱 막혔다. 작년까지는 이 정도로 힘들지 않았는데. 혜란은 바람이 잘 통해 시원하던 예전의 집을 떠올렸다. 기분을 망치는 생각이었다. 집이 바뀌어서가 아니라 올해 날씨가 유난스러운 거라고, 누군가가 말해줬으면…… 바라게 되었다. 하염없이 내리는 빗줄기 사이로 공중 정원이 보였다. 다른 곳은 비어 있고 오두막 아래에 사람들이 모여 있었다. 이 비에 뭐 하고들 있지? 다른 일을 해봐도 어쩐지 그 사람들이 자꾸 생각나서 밖으로 나갔다. 빗줄기가 보기보다 더 거세서 우산을 썼는데도 어깨와 발목이 젖었다. 오두막에는 혜란과 비슷한 또래로 보이는 여자들이 있었다. 혜란이 인사를 하기도 전에 그들은 엉덩이를 조금씩 움직여 자리를 만들어주었다. 둘러앉은 그들의 가운데에는 얼음만 남은 일회용 커피잔들이 있었다. 다들 단정한 옷차림에 무심한 얼굴을 하고 있었다. 손에는 책을 한 권씩 들고 있었다. 혜란은 마음이 편해지는 것을 느꼈다. 그들이 내어준 작은 자리에 혜란은 무릎을 모으고 앉았다.

동혁의 중학교 진학을 앞두고 IMF가 터졌다. TV와 신문에서 그해의 유행어로 '명태'라는 단어를 선정했다. '명예 퇴직자'를 줄인 말이었다. 그리고 성호도 수많은 '명태' 중의 하나가 되었다. 동혁만 큰오빠의 집으로 주소지 이전을 해놓고 서울의 국제중학교에 보내기로 한 시기였다. 성호는 염치없다는 얼굴로, 하지만 차라리 잘됐다는 얼굴로 동혁을 서울로 보내지 말자고 했다. 혜란은 그것만은 절대 안 된다고 날을 세웠다. 결국 동혁을 서울로 보내고, 두 사람은 양산으로 이사를 했다. 달동네 초입에 있는 오래된 단층 주택이었다. 왜 하필 양산이었냐면, 사정이 좋아질 때 곧장 부산으로 이사를 하기 위해서였다. 열심히 살다 보면 인생의 궤도에서 어긋나지 않을 거라고, 혜란은 성호를 격려했다. 성호는 입안에 뭔가 머금은 듯한 얼굴을 하고 고개만 끄덕였다.

비를 뚫고 오토바이가 달려왔다. 비옷을 입은 배달부의 철

가방에서 랩으로 두껍게 싼 칼국수 그릇과 김밥 접시가 탁탁 소리를 내며 나왔다.

"5만 2천 원요."

소설책을 들고 있던 여자가 신용카드를 꺼냈다. 사람들의 자연스러운 태도로 보아 아마도 그녀가 계산할 차례인 것 같았다. 카드 영수증을 놓고 배달부가 떠났다. 김치를 한데 모아 담고 남은 접시가 혜란 앞에 놓였다.

"비 오는 날엔 칼국수잖아요."

옆에 앉은 여자가 손사래를 치는 혜란에게 칼국수를 담아주었다. 다른 사람들은 혜란이 먼저 먹기를 기다리는 듯이 그릇을 놓고 혜란을 보았다. 인사를 하고 칼국수 한 젓가락을 들며 혜란은 이상하다는 생각을 했다. 이런 날 이런 데 있을 사람들이 아닌 것 같은데. 혜란은 실례가 되지 않을 만한 질문을 고르고 골랐다.

"여기에 자주 모이시나 봐요?"

"그럼요. 여기 참 좋잖아요. 좀 시원하고."

맞은편에 앉은 여자가 대답했고 곧 조용해졌다. 혜란은 일순간 찾아온 고요 위로 빗소리가 크게 울리는 것을 듣고 얼른 그릇을 비웠다.

양산에서 김해까지. 집 주소가 바뀌는 동안 혜란과 성호는 네 번의 이사를 했다. 더울 때 덥지 않고 추울 때 춥지 않은 31평 아파트까지 가는 동안 성호도 새 직장을 다니게 되었다. 하지만 혜란은 그 정도에 만족할 수 없었다. 동혁이 서울에서 좋은 대학에 다니게 되었으므로 부모로서 하루빨리 부산에 가야 한다고 생각했다. 그것이 가족의 체면을 세우는 일이라 믿었다. '이달의 보험왕'에 석 달 연속으로 뽑힐 만큼 부지런히 일했고 아는 사람도 늘어났다. 그러나 흉금을 터놓을 사람들은 계속 줄었다. 조금 외롭다고 느낄 즈음 건강검진에서 유방암 전기 판정을 받았다. 회사는 혜란이 치료를 받는 동안을 기다려주지 않았다. 다시 집에 있게 된 혜란은 조급해졌다. 그런 혜란이 시작한 일이 부동산 정보 수집과 재테크 공부, 해운대 뷰를 가진 타워팰리스 분양권 획득이었다. 어마어마한 시간과 노력이 필요한 일이었다. 안정을 취해야 한다는 의사의 말도 들리지 않았다. 혜란은 돈과 시간의 반비례 관계를 아는 사람이었다. 부족한 돈을 시간으로 메우며 뛰어다닌 끝에 분양권을 따냈다. 그날 밤, 혜란은 좋은 술과 음식을 마련했다. 성호와 함께, 결국에 이루어낸 성공을 자축하고 싶었다. 식사를 마친 혜란은 먼저 샤워를 했다. 담배를 한 대 피우고 오겠다던 성호는 한참을 들어오지 않았다. 혜란이 만들어온 결과들에 반응하는 법을 성호는 알지 못했다. 혜란이 깜빡 잠든 사이에 들어온 성호는 이불을 끌어안고 잠들어 있었다. 혜란은 휴대전화를 켜서 새집의 사진을 보고 다시 잠을 청했다.

장마가 끝난 세상은 움직이는 모든 것들에게 천벌이라도 내리려는 것처럼 타올랐다. 혜란은 거실 구석에 놓인 에어컨을 한번 보고 고개를 가로저었다. 익숙하게 냉커피를 병에 담고 부채를 챙겨 공중 정원에 갔다. 비 오는 날 만났던 사람들이 거기에 있었다. 혜란은 그 옆에 앉아 시집을 읽었다. 그곳의 모두가 뭔가를 읽고 있었고 서점에 가보니 시집의 가격이 제일 쌌기 때문에 고른 것이었다. 그들은 읽고 있는 것에 관해 이야기를 나누지 않았다. 혜란에게는 다행스러운 일이었다. 혜란은 시집을 오래 읽지 못했다. 어디가 끝인지 알 수 없는 문장들과 갑작스러운 자리에 놓인 단어들이 낯설기만 했다. 고개를 들어보면 호수 가장자리에 낀 녹조를 걷어내는 아파트 미화원의 지친 얼굴과 그의 옆에서 날아오르는 온갖 날벌레들이 보였다. 날벌레들은 오두막까지 날아왔다. 손을 빨리 놀려 쫓아버리고 싶었지만 그럴 수 없었다. 그곳의 누구도 그런 행동을 하지 않아서였다. 집 쪽으로 고개를 들어보면 한숨이 나왔다. 일백삼십삼만팔천이백십 원. 전기세 고지서에 찍힌 숫자들이 혜란을 놓아주지 않았다.

엄마 나 돈 좀.

유학 중인 동혁의 문자메시지도 혜란을 쫓아다녔다. 통유리

창을 향해 폭격처럼 쏟아지는 햇빛을 혜란은 망연히 바라보았다. 다시 시집을 펼쳤지만 한 줄도 읽어낼 수 없었다.

태풍이 한차례 지나가고 입주자 대표 회의에서 관리비를 인상하자는 안건이 통과되었다. 소형 태풍이었는데도 파도가 방파제를 가뿐히 넘어온 탓에 1층 입주민들에게 피해가 발생했고, 주차장과 공중 정원의 급수장치가 파손되었기 때문이다. 해변 조망권을 지키기 위해 방파제 높이를 1.2미터로 낮춘 것이 원인이었다. 시청의 끈질긴 설득에도 입주민들은 1.2미터를 고수했다. 시에 보낸 성명서에는 혜란과 성호의 서명도 들어갔다. 인상된 관리비를 보며 혜란은 계산기를 두드렸다. 숫자를 넣고 지우고, 숱이 적어진 머리카락 사이로 손을 깊게 넣었다. 땀이 계속 등줄기를 타고 흘렀다. 공중 정원은 출입이 금지되었다. 동혁은 열흘 전 3천 달러를 보내달라고 한 뒤로 소식이 없었다. 성호는 매일 술에 취해 들어왔다.

"이 양반이 요즘 같은 때에 왜 자꾸 술이야."

혜란이 타박하면 성호는 괴괴하게 풀린 눈으로 말했다.

"그러게 왜. 그러게 대체, 왜."

지역 방송에서 〈바벨탑은 무너진다〉라는 제목의 다큐멘터리를 방영하자 입주자 대표 회의가 다시 열렸다. 방송에 항의

하는 탄원서가 만들어졌다. 탄원에 동의하는 서명을 받으려는 간부가 매일 집에 찾아왔다. 혜란은 사흘 동안 집에 없는 척을 했지만 나흘째에는 결국 문을 열었다. 다시 일주일이 흘렀다. 보수공사가 끝난 공중 정원에 카메라 몇 대가 왔다. 다큐멘터리를 만든 곳과는 다른 방송국이었다. 리포터의 표정이 밝았다. 사람들은 아무 일도 없었다는 듯이 책을 읽고 유모차를 밀고 웃으며 대화를 했다. 혜란은 집에서 그 모습을 보았다. 한가로움을 되찾은 정원 뒤편으로 해수욕장을 가득 채운 파라솔이 보였다. 색깔도 모양도 제멋대로인 파라솔 아래에 수영복을 입은 사람들이 아무렇게나 누워 치킨을 먹고 맥주를 마셨다. 한때 혜란의 마음을 촉촉하게 해주었던 바다에는 수백의 까만 머리통이 떠 있었다. 카메라가 해수욕장 방향으로 사라지자 혜란은 시집을 챙겨 공중 정원으로 갔다. 오두막의 사람들과 눈인사를 나눈 뒤 해수욕장을 등진 자리에 앉았다. 시집을 펼치고 사이에 끼워둔 편지를 읽었다. 믿고 싶지 않은 것일수록 자꾸 보게 되는 이유는 뭘까, 생각하며 글자 하나하나를 떼어내듯이 손가락으로 긁으며 읽었다. 그래봤자 달라지는 것은 없었다. 동혁의 귀국 날짜도, 그 아이가 술을 마신 채 운전을 하다가 사람을 쳤다는 사실도, 추방 명령과 학위 취득 취소 처분도, 장학금 반환 청구와 벌금도, 모두 그대로였다. 편지를 쥔 손에 땀이 찼다. 구겨버리고 싶은 마음이 또 솟았다. 하지만 글자마다 느껴지는 동혁의 떨림과 절망이 혜란을 붙들었다. 혜란은 고개를 들어 주위를 보았다. 책을 읽는 사람, 커피를 마시는 사람, 바다를 보는 사람. 그들에게는 걱정이 없어 보였다. 혜란은 억울한 마음이 들었다. 소리를 지르고 싶었다. 혜란의 눈에 아파트가 들어왔다. 거대한 불판처럼 달구어진 유리 곡선 위로 아지랑이가 피었다. 혜란은 손을 뻗었다. 잡히는 것은 아무것도 없었다. 등 뒤에서 파도 소리 대신에 비명 같기도 하고 고향 같기도 한, 행락객들의 소리가 들렸다. 날벌레 한 마리가 시집 사이로 날아들었다. 혜란은 시집을 꾹, 덮었다.

* 이 소설에 참고한 자료는 다음과 같다.

정희준, 「바벨탑 해운대: 욕망의 성취, 탐욕의 시작」, 『릿터』 2017년 2 · 3월호.

그런

식의

여름

2013년 여름, 엠넷에서 방영한 〈쇼미더머니 2〉의 우승자는 넋업샨이 이끄는 소울다이브였다. 나는 넋업샨의 팬이었지만 아마추어 참가자들을 잔뜩 모집해놓고 경력 15년의 프로페셔널이 우승을 하는 건 보기에 좀 그랬다. 그럼에도 불구하고 세미파이널 경연에서 넋업샨이 아카펠라로 랩을 한 뒤 마이크를 드롭 하던 장면은 내 마음을 크게 울렸다. 나의 플레이 리스트에는 힙합 음악들이 돌아왔다. 넋업샨이 찢어버린 트랙 리스트를 블로그에 포스팅해서 포털사이트 메인 화면(구석)에 소개된 일도 있었다.

〈투 올드 힙합 키드〉를 본 것도 그즈음이었다. 초보 감독 정대건이 어머니의 걱정과 잔소리를 견디며 10대 시절에 함께 활동했던 크루들을 찾아다니는 다큐멘터리영화였다. 영화에는 허클베리 피, JJK, 지조 같은 현역 래퍼들도 나왔지만 대부분의 사람들은 다른 길을 걷고 있었다.

공시생, 수학 학원 강사, 대학원생…….

힙합을 사랑하는 사람들.

사랑해서 잊지 않았거나, 너무 사랑해서 잊으려고 하는 사람들.

정대건은 이렇게 말한다.

우리의 혈관에는 힙합이 흐르고 있다.

그 내레이션을 들으며 나는 울컥했다. 와, 씨. 그거 내 혈관에도 흐른다고.

영화를 본 뒤 서랍을 뒤져 아주 오래전에 썼던 가사 노트를 찾았다. 그걸 가방에 넣고 다니며 생각이 나는 대로 가사를 써보려고 했다. 완성되는 것은 없었지만 그래도 좋았다. 누군가와 조금만 친해지면 내가 '올드 힙합 키드'라는 사실을 밝혔다.

힙합?

되묻는 얼굴을 보는 게 좋았다. 사람들은 흥미로워하면서 나의 옛날이야기를 들었다. 적당한 과장과 유머를 섞어 이야기했고 가사 노트를 가방에서 꺼내 보여주는 것도 잊지 않았다. 나는 내가 '올드 힙합 키드'인 게 좋았다. '올드'가 주는 레트로함, '힙합'이 주는 힙 함, '키드'가 주는 소년미까지. 완벽하게 조합된 어휘였다.

힙합을 아는 사람이, 알아도 제대로 아는 사람이 없던 시절에 그런 걸 먼저 알고 미쳐봤다는 자부심이 있었다. '지오디'와 '신화'의 시대에 나는 '듀스'와 '서태지'를 복습하고 '무브먼트'와 '마스터플랜'으로 나아갔다.

나는 빠르고 다르다.

그게 중요했다. 아무도 알아주지 않았지만 아무도 알아주지 않았던 것이라 좋았다. 가사 노트의 첫 장에는 'HIPHOP精神'이라고 적기도 했다. 언제 어디서나 힙합으로 살 거라 다짐했던 시절이 내게도 있었다.

다짐은 스무 살의 턱을 넘지 못했다. 세상에는 랩보다 재밌는 게 많았다. 힙합이고 공연이고 다 뒷전이었다. 이 소모임과 저 동아리를 돌면서 마시고 뻗고 일어나서 다시 마셨다. 흑역사들이 쌓여가는 사이에 엠피스리 플레이어에는 '투팍' 대신 '버즈'가, '에미넴' 대신 '성시경'이 채워졌다. 친구를 배신하는 기분을 느끼면서도 좋아하던 누나 앞에서 〈내 여자라니까〉를 불렀고 연애를 시작하고 나서는 〈네가 참 좋아〉로 커플 벨 소리를 했다.

나는 그런 식으로 살았다.

유튜버로 사는 것도 다르지 않았다.

*

　유튜브에서 영화 리뷰를 한 지 5년이 됐다. 그사이 나는 아르바이트처럼 계약하고 정규직처럼 일했던 특수 분장 회사를 관두었다. 내 채널의 정체성은 알려지지 않은 명작들을 찾아 정성껏 리뷰하는 것이었다. 영화에 흠뻑 젖어 감독의 의도를 찾고 배우의 감정을 느끼는 일은 즐거웠다. 문제는 구독자 수와 조회 수가 깨닫게 하는 시린 현실이었다. 일주일에 하나 이상의 콘텐츠를 꾸준히 올렸지만 그래프는 요지부동이었다.

　마블 영화를 리뷰하기로 한 것은 그러므로 일종의 배신이었으나 내가 나에게 하는 배신이니 알 사람은 없었다. 나의 행복과 생계를 걱정하는 소수의 구독자는 응원의 댓글을 달기도 했다. 첫 리뷰는 〈어벤저스: 에이지 오브 울트론〉이었다. 특수 분장을 하던 시절 한국 현지 스태프로 참여했던 영화였다. 반응은 생각 이상이었다. 블랙위도우 수트를 입은 스칼릿 조핸슨을 (엄청나게 멀리서) 봤던 이야기를 했더니 댓글이 수도 없이 달렸다. 사실 내가 본 사람은 스턴트 배우였지만 그런 건 중요하지 않았다. 누군가가 "마블 버스 탑승ㅋㅋㅋ" 하고 댓글을 달았을 때는 얼굴이 달아올랐지만, 괜찮았다. 틀린 말도 아니었으니까. 적어도 숨은 명작을 발굴하는 노력을 게을리하지 않겠다는 신념도 단단했다.

신념은 쉽게 허물어졌고 블록버스터 영화 리뷰를 자주 올리게 되었다. 살아남기 위해서였다. 자극이 강한 영화들을 연달아 보다 보니 쉽게 피로해졌고 한 편을 한 번에 다 보는 것이 힘들어졌다. 여러 번 끊어서 보니까 이해가 잘 되지 않았지만 그러므로 보이는 것들도 있었다. 내가 본 것은 엑스트라들이었다. 죽는 엑스트라들, 심각함을 부각하기 위해 소비되는 인물들, 비장한 얼굴이나 공포에 빠진 얼굴을 하다가 결국은 죽는 인물들, 죽을 거라는 걸 본인도 관객도 다 아는 인물들, 인물이라기보다는 장면을 위한 소비재인 이들.

—저 사람들도 저 세계 속에서는 기다리는 사람들이 있을 텐데. 꿈이 있는 사람들일 텐데. 저런 식으로 죽여도 되는 겁니까?

비행기에서 떨어뜨리고, 우주 쓰레기에 맞고, 폭탄에 가루가 되고, 흔적도 없이 사라지는 자들에 대한 이야기였다. 영화적 지식과 전혀 무관한, 농담에 가까운 말이었다. 근데 그게 터졌다. 뭐가 터졌느냐면 댓글 창이 터졌다. 공감하는 사람이 많았다. 오, 이것 봐라? 그래서 그런 이야기 몇 개를 더 해보고, 사람들이 좋아해서 또 했다. 욕도 하고 그랬다.

—이게 뭔 인간에 대한 개 같은 대접입니까!

그런데 농담을 농담으로 안 받는 사람들도 있었다. 그런 사람들은 '찐'이라고 욕을 먹으면서도 굴하지 않았다. 소수자와 인권과 소외와 혐오에 대한 논쟁이 벌어지기 시작했다. 인터넷에서 벌어지는 대개의 논쟁이 그러하듯 점점 본질이 흐려지는 개싸움으로 넘어갔다. 난장판 속에서 입장 정리를 못 하고 망설이는 사이, 구독자 수 증가가 뚜렷하게 둔해졌다. 댓글을 막았더니 다른 영상으로 옮겨 가 싸웠다. 유튜버의 숨통을 단번에 끊을 수도 있다는 PC 논쟁에 휘말린 것이었다. 왜 남의 집에서 난리들이야! 외쳐본들 들어줄 사람도 없었다. 일단 상황을 모면하기 위해 물량 공세에 나섰다. 아무 영화나 마구 리뷰했다. 정말 닥치는 대로 봤고 나오는 대로 지껄여 올렸는데 그게 또 터졌다. 이번에는 구독자 수가 터졌다. 싸우던 댓글은 사라지고 칭찬이 즐비했다. 후련하다, 사이다다, 욕이 맛깔난다……. 욕을 해줬으면 하는 영화를 댓글로 남겨두는 구독자도 있었다. 니즈를 충족시키기 위해 포스터나 예고편에서 '망삘'이 물씬 나는 영화를 굳이 돈을 내고 봤다. 구독자 수가 9만에서 좀처럼 오르지 않던 때였다. 아홉수의 저주를 풀기 위해 제정신으로는 절대 보지 않을 영화들을 봤다. 극한의 지루함과 극도의 괴랄함을 견디면서. 분석 비슷한 건 대충하고 힘은 욕에 실었다. 보상은 달콤했다.

사람들은 나를 '망작 전문 리뷰어'라 부르기 시작했다. 별수 있나. 관심과 수입은 소중했다. 더는 명작을 발굴하지 않았다. 구독자 수는 금세 10만을 넘었다. 그럼에도 허전한 마음이 들면 처음으로 올렸던 리뷰를 봤다. 〈투 올드 힙합 키드〉에 대한 서툰 리뷰였다.

*

고등학교 시절에 속했던 크루의 이름은 RH-(Real Hiphop minus)였다. 좋은 이름이라고 생각했는데 다른 친구들은 놀렸다. 코피가 잘 나는 체질 때문에 놀림받는 빈도도 잦았다. 그래도 괜찮았다.

너희가 힙합을 아느냐 이 자식들아.

자부심과 긍지가 있었다. 내가 처음으로 가사를 쓴 노래에는 크루에 대한 애정을 담아 "힙합 마이더스 알에이치 마이너스"라는 훅도 만들었다. 멤버들은 '에이!', '요 맨!', '훠우!', '홀리!' 같은 감탄사를 연발하며 좋아했다.

인근 학교 세 개의 동아리가 연합했는데도 우리 크루는 열넷이었다. 그들의 이름도 얼굴도 기억이 잘 안 나지만 홍미만큼은 잊히지 않았다. 같은 학교에 다녔고 미대 입시 학원에도 같이 다녀서 함께 있는 시간이 많았다. 홍미는 '홍단'이라는 랩 네임을 썼고 노스페이스 보레알 백팩에 홍단 패를 달고 다녔다. 자기주장과 주관이 뚜렷한 애였다. 내가 고심해서 지은 랩 네임 '페르마타'에 대해 단박에 의미도 발음도 구리다고 말했다. 그래서 처음에는 별로 좋아하지 않았다.

공부 빼고는 다 잘했던 홍미는 체육대회 날에 마구 날아다녔다. 피구와 발야구에서 맹활약했고 계주의 마지막 주자로 나서서 역전을 이끌었다. 영웅이 되었으나 다음 날에 결석했다. 심한 햇빛 알레르기를 앓고 있었기 때문이다.

—도대체 왜 그랬어?

내가 묻자,

—좋아서.

홍미가 대답했다.

—뭐가 좋은데.

—뛰는 거. 근데 햇빛은 싫다.

—…….

—좋은 건 죽어도 해야지.

홍미는 그런 애였다. 그래서였을까. 한여름 대낮의 거리 공연에도 절대로 빠지지 않았다. 공연 전과 후에 꼼꼼히 연고를 발랐지만 소용이 없었다. 땀이 난 이마와 볼에 좁쌀만 한 두드러기가 올라왔다.

그게 귀여웠다.

매사에 거침이 없고 목소리도 허스키하고, '원타임이 힙합이냐 아니냐'로 싸울 때 1대13으로 힙합이 맞다고 까랑까랑 주장하던 애가 햇빛에 쩔쩔매는 걸 자꾸 보니까,

마음이 흔들렸다.

4월에 반해서 6월에 망한 마음이었다. 흥미도 나를 좋아한다고 생각했으나 착각이었다. 학원에서 나란히 앉아 그림을 그릴 때, 레코드점에서 새로 나온 힙합 음반을 구경할 때, 버스를 타고 동네로 돌아올 때, 데이트하는 것 같은 기분을 느꼈다. 가장 설렜던 것은 거리 공연을 할 때였다. 음향 시설이 매우 열악했기에 더블링을 세게 쳐야 했고, 박자를 놓치지 않으려면 눈을 맞춰야 했다.

그게 그렇게 좋았다.

같은 박자에 같은 가사를 뱉는다는 건 어쩌면, 사랑을 말하는 것과 닮아 있지 않은가.

그런 마음을 담은 가사를 노트에 적어보기도 했다. 공연 때마다 흥미와 같은 곡을 하려고 은근슬쩍 애를 썼다. 그렇게 마음을 키우는 동안 흥미는 다른 사람을 좋아하고 있었다. 랩 네임이 '포인트'('페르마타'가 낫지 않나)였던 점수 형이었다. 형의 엇박 래핑(내 귀에는 그냥 박치가 랩 하는 것 같았다)에 반했던 흥미의 대시로 둘은 사귀었다.

상실감이 클 뻔했으나 다행히 월드컵이 시작되었다. 휴대전화 가게에서 월드컵까지 남은 날짜를 전광판으로 알려줬고 영화관에 가면 월드컵 광고를 했고 미술 학원에서 월드컵으로 발상과 표현을 해보라고 하기도 했다. 열일곱의 나는 누구보다 열심히 월드컵에 빠졌다. 우리나라가 승승장구하는 동안 나는 점점 더 미쳐 날뛰었고 입만 열면 축구, 월드컵, 히딩크, 안정환을 부르짖었다. 담임선생님이 나를 따로 불러 진정을 좀 하는 게 좋겠다고 할 정도였다.

—공부는 안 해도 되는데…… 너 그러다 월드컵 끝나면 죽을 것 같다.

선생님의 걱정은 과잉이 아니었다. 월드컵이 끝을 향해 갈수록 그 이후의 허탈함을 어떻게 견디나 걱정이 되었다. 그 와중에 엄청난 일이 일어났다. 4강전 이틀 전, 리더였던 장원이 형(랩 네임 '급제')에게서 문자가 왔다.

4강전 식전 행사, 공설 운동장, 공연료 30만 원!

공설 운동장에는 2천 명이 모였다. 살면서 그런 인파 앞에 서볼 일이 또 있을까 하는 생각에 심장이 밖으로 튀어나올 것 같았다. 화장실을 왔다 갔다 바닥에 앉았다 일어났다 하는 나를 홍미가 진정시켰다.

—야, 진정해. 저 사람들이 우리 보러 왔겠어?

맞는 말이었지만 진정은 되지 않았다. 공연 순서는 금방 왔다. 우리에게 배정된 시간은 9분 30초였다. 나와 홍미는 〈Good

Life〉를 부르기로 되어 있었다. 무대에 오르자 강한 조명 탓에 앞이 안 보였다. 아무 소리도 들리지 않았다. 홍미가 어깨에 팔을 두르며 첫마디를 외쳐주지 않았다면 들어가는 박자를 놓쳤을 것이다. 홍미가 눈맞춤을 해주며 리드한 덕분에 공연은 무사히 끝났다. 넉넉한 마음으로 모인 시민들이 큰 환호를 보내주었다.

거기까지였어야 했다.

무대에서 내려온 다음 홍미에게 고맙다는 인사를 하러 갔다. 들뜬 기분으로 하이파이브를 하려다 손이 빗맞는 바람에 홍미가 내 품으로 들어왔다. 그걸 막으려다 홍미의 머리를 잡았고 이마에 입술을 대고 말았다. 홍미가 비명을 지르며 나를 밀쳤다. 분위기가 확 얼어붙었으나 급제 형이 잘 중재한 덕분에 곧바로 정리됐다. 포인트 형도 내 사과를 받고 그럭저럭 넘어가주었다.

*

홍미를 다시 만난 건 더운 여름날이었다.

수원시가 주관하는 단편영화제가 열렸고 내가 심사위원으로 초청되었다. 메일을 확인하고 처음 든 생각은 '신종 사기?'였다. 왜 나를? 똥 같은 영화에 욕이나 하는 유튜버에게 무슨 심사를 맡긴다는 거지? 그런데 또 좋기는 좋고, 사실이라면 믿기지 않을 만큼 좋은 일이라서 메일에 적힌 전화번호를 눌렀다. 떨고 있던 나와 달리 진행 요원의 목소리는 차분했다.

─정확히 말씀드리면 심사위원은 아니고 평가인단에 가깝습니다. 당일에 평가지 받으시고 다른 크리에이터분들과 별점만 매겨주시면 돼요. 진짜 심사위원 네 분 따로 모셨으니 부담 없이 와주시면 감사하겠습니다.

'진짜 심사위원'이라는 말이 좀 거슬렸지만 가기로 했다. 사실 너무 가고 싶었다. 내 채널의 수준과 정체성을 반전시킬 돌파구일지도 모른다는 생각이었다.

행사 시작 시간보다 조금 일찍 도착해서 평가지를 받으러 갔다.

거기에 홍미가 있었다.

천막 아래였지만 오후의 햇볕은 뜨거웠다. 발갛게 익은 얼굴을 한 홍미도, 그런 홍미의 여전함을 본 나도, 깜짝 놀란 채 멍하니 있었다. 홍미를 그런 데서, 아니 어디에서든 다시 만날 줄은 몰랐기 때문이다.

─야, 우리가 다시 볼 줄은 몰랐네.

고등학교를 졸업한 뒤 우리는 다른 지역으로 흩어졌고 다시 보지 않았다. 딱 한 번, 멤버들과 모여 비릿한 맥주를 마신 게 전부였다. 내가 이렇게 저렇게 살아오는 동안 홍미도 그럭저럭 살다가 공무원이 되어 시청 문화예술과에서 일하고 있었다. 그날은 영화제 진행을 위해 나온 참이었다. 서로의 근황이랄까, 신상이랄까, 그런 걸 묻다 보니 홍미가 결혼을 했고 네 살 된 딸도 있다는 걸 알게 됐다. 그 이야기를 하는 홍미는 행복해 보였다.

그때 내가 느낀 게 뭔지 모르겠다.

다 귀찮아졌다.

홍미가 그리웠던 걸까.

설마.

부러웠을까.

대체 뭐가.

덥고 지치고 행사는 초라해 보이고 흥을 돋운답시고 불러놓은 래퍼들은 뭘 하는지도 모르겠고 이런 데서 틀어주는 영화라고 해야 뻔하고 지루할 것이라는 생각만 들었다.

지독한 열대야 속에서 세 시간 동안 5.2킬로미터를 걸었다. 행궁동 구시가지의 복잡한 지리, 자꾸 방향을 틀리는 지도 어플, 영화제의 기획 의도. 3박자의 조화 때문이었다. '젊은 영화인을 지원하고 시민들에게 양질의 문화 콘텐츠를 제공하며 지역 경제 활성화를 도모한다'는 안내문을 읽었을 때까지도 '지역경제 활성화'가 그렇게 무서운 말일 줄은 몰랐다. 그건 행궁동에 있는 카페들을 상영관으로 활용한다는 뜻이었다. 카페에서 음료를 하나 사면 손등에 도장을 찍어주고 그 이후로는 손등만 내밀면 다른 카페에서 틀어주는 영화를 맘껏 볼 수 있었다. 카페의 매출을 올려주는 것으로 지역 경제가 활성화되는 거라면 기획 의도가 적중할 만한 날씨였다. 적어도 나에게는 그랬다. 나는 아이스 아메리카노 한 잔을 받고(공짜니까 비싼 걸 마셨어야 했는데!) 30분 만에 한 잔 더 사 먹고, 그러고도 목이 타서 레모네이드까지 마셨다. 영화들은 대략 10분 내외였고 출품작은 모두 틀어준다는 놀랍도록 너그러운 방침 때문에 그날 밤 상영된 영화가 137편, 상영관이 된 카페가 열한 군데였다. 일반 관객들이야 어차피 마시기로 한 커피를 마시며 영화도 보고 에어컨 바람도 쐬고 그러다가 질리면 집에 가면 되니까 나쁠 것이 없었겠지만 평가자인 나는 여섯 군데의 카페를 돌면서 열세 편의 영화를 봐야 했다. 오가는 길에 나와 비슷한 처지인 사람들 몇 명과 눈인사를 나누었다. 그들은 나의 동지였다. 동지들은 잰걸음을 하거나 달리거나 더러는 전력 질주를 했다.

팸플릿이나 평가지를 꼭 쥔, 더위와 시간에 쫓기는, 땀 흘리는 크리에이터들.

이어폰을 꽂고 일리네어 레코즈의 〈연결고리〉를 들으며 달렸다.

808 베이스 소리가 심장을 뛰게 했으나 그것도 잠시였을 뿐, 마지막 두 편은 졸면서 봤다. 미안했기 때문에 만점을 줬다. 그중 한 편이 대상을 탔다. '한봄'이라는 이름의 영화과 학생 작품이었다. 나는 봄에게 반했다. 홍미에게 봄의 연락처를 물어볼까 며칠을 고민했다. 오랜만에 만난 홍미에게 부탁을 하는 게 망설여졌다. 하지만 그보다 더 나를 망설이게 한 것은 봄의 앳된 얼굴이었다. 아무리 내 쪽으로 유리하게 생각해도 열 살은 족히 차이가 날 것 같았다. 그러나 포기는 되지 않았다. 자꾸 생각이 났다. 한 번 더 보고, 이야기를 나누고, 그래서 나를 좋아하게 만들고 싶었다. 방법은 찾아지지 않고 간절함은 자꾸 커졌다. 가사 노트를 펼쳐서 봄의 이름을 라임으로 활용한 랩을 적어보기로 했다. 예전에 받아둔 송민호의 〈몸〉 비트를 틀고. 은근하고 끈적한 가사를 썼다. 전에 없이 빠르게 노래 하나가 완성됐다. 그러고 있는데 영화제 진행 요원으로부터 전화가 왔다.

─이번 주 토요일에 평가보고회가 있는데 참석 가능하세요?

기회다. 그러나 흥분하지 않고 물었다.

─저 말고 누가 또 참석하나요?

─행사 담당자분들, 크리에이터분들, 수상자분들. 이렇게 모시려고요. 심사위원분들은 일정 맞추기 힘들 것 같고요.

상관없지, 심사위원들 따위. 수상자만 온다면!

영화제 공식 채널에 올라온 봄의 영화를 봤다.

봄이 온들.

그게 제목이었다.

여자가 엘리베이터에서 내린다. 아파트 건물에서 나와 주차
장을 가로질러 걷는다. 카메라는 그녀의 뒤통수와 어깨를 화면
에 담고 따라간다. 어디선가 날아온 민들레 홀씨가 그녀의 머
리카락 위에 앉는다. 홀씨는 떨어질 듯 떨어지지 않고 계속 붙
어 있다. 백색소음 외에 다른 소리는 없다. 바람이 한번 불고 홀
씨가 날아간다. 그때 중년 여성의 큰 목소리가 들린다.

―달아! 안 돼. 이리 와. 달아!

핸드헬드 카메라가 여자의 시선을 따라 목소리 쪽으로 향한
다. 거기에는 주차 블록에 걸터앉아서 '달'을 부르는 여자가 있
다. 부르기만 하고 움직이지는 않는다. 잠시 그녀를 비추던 카
메라가 여자의 발밑을 잡는다. 골든레트리버 한 마리가 맹렬히
달려와 그녀를 향해 입을 쩍 벌리고 뛰어오른다. 당황한 여자
가 핸드백을 휘두른다. 주인이 달려온다. 개의 얼굴에 상처가
나 있다. 여자가 개 주인에게 허리를 숙여 사과한다.

―죄송합니다. 어쩌면 좋아요…….

―어쩌긴 뭘. 5만 원만 줘요.

여자가 지갑을 열어보지만 현금은 3천 원뿐이다. 개 주인이

계좌를 불러주고 여자가 송금한다. 화면이 바뀌자 여자가 의자에 앉아 있다. 인터뷰하는 것처럼.

—좆같았죠. 아침부터.

이렇게 시작된 영화는 그런 식으로 11분을 갔다.

나는 확신했다. 봄이 아주 매력적인 여자일 것이라고. 역시 내 눈은 틀리지 않았다고.

*

뒤풀이 장소는 갈빗집이었다. 로컬들만 아는 맛집이었다가 인스타그램에서 힙 한 가게로 입소문을 탄 곳이라 했다. 우리 일행은 양념갈비와 고추장찌개와 비빔국수를 시켰다. 나는 그 음식들의 맛을 제대로 느끼지 못했다. 봄과 같은 테이블에 앉는 데까지는 성공했으나 그다음이 문제였다. 함께 앉은 두 남자를 경계하는 게 먼저였다. 한 명은 다른 영화제에서 수상 경력이 있는 감독이었고 또 한 명은 히어로 영화에 대한 철학적 분석으로 유명해진 블로거였다. 둘을 견제하면서 봄에게 존재감을 드러낼 방법을 고민했고 그 와중에 대화에도 성실히 참여했다. 나는 내가 가진 경험과 지식을 바탕으로 봄의 영화를 칭찬하되 그것이 평가나 판단처럼 느껴지지 않도록 조심했다. 봄은 수줍게 웃으며 고맙다고 했다. 그 테이블에서 그런 말을 들은 건 나뿐이었다.

고기 두 점이 식은 불판 위에서 굳어갈 즈음 기회가 왔다. 봄이 가게에서 흘러나오는 노래를 흥얼거린 것이었다.

—어? 이 노래를 알아요?

—네.

—솔리드를 안다고요?

—좋아해요.

—이거 진짜 팬들만 아는 노랜데?

—저도 진짜 팬인가 보죠.

—혹시 나이가 어떻게 되세요?

봄이 내 얼굴을 보고, 다른 남자들도 봤다. 그들도 봄의 얼굴을 봤다. 이 자식들이, 너네도 궁금했구나?

—저 스물여섯요. 94년생.

94. 여덟 살 차이. 열 살 아니고 여덟 살. 나는 용기가 났고 1990년대 블랙 뮤직에 대한 이야기를 풀었다. 봄과의 대화를 독점하는 데 성공했다. 분위기가 무르익는데 홍미가 큰 소리로 말했다.

—여러분. 1차는 여기까지. 2차 가실 분은 저 따라오세요!

홍미를 따라 버드나무가 늘어선 천변을 걸었다. 식지 않은 낮의 열기 속에서 저녁이 익어갔다. 몇몇은 먼저 집에 갔는지 보이지 않았다. 감독과 블로거도 없었다. 마음이 한결 여유로워졌다. 봄은 선두에서 걷는 홍미와 나란히 가고 있었다. 나는 두 사람을 향해 빠르게 걸어갔다.

두 사람은 영화제 때부터 가까워져서 따로 밥도 한번 먹었을 만큼 친해진 사이였다. 마음이 들떴고 바람이 한 줄기 불어왔다. 홍미의 커트 머리가 살짝 들렸다. 귓바퀴 아래에 작지만 또렷한 타투가 보였다. 분홍색, 하늘색, 연두색이 들어간 반지였다.

—어? 너 그거 타투?

내가 물어보니 홍미가 머리카락을 젖혀 보였다.

—결혼반지 대신에 했지.

—와, 언니. 그거 좋은 아이디어다.

—공무원이 그런 거 해도 돼?

—스티커라고 하면 돼.

—판박이 같은 거?

—몰라. 너처럼 집요하게 묻는 사람 없었어.

홍미의 말에 봄이 웃었다. 웃으면서 블라우스 소매를 걷었다. 팔뚝에 십자가와 뱀이 엉켜 있었다. 귀엽게 생긴 봄과 맹렬한 타투의 부조화에 적응이 필요했다. 홍미와 봄은 신이 나 있었다.

—와, 세다.

—그쵸! 작품 하나 할 때마다 하려고요.

—지드래곤처럼?

—그 사람이 그래요?

—그럴걸? 그래서 온몸이 문신일걸?

—와. 나도 할래. 온몸에.

나는 봄이 홍상수처럼 영화를 찍으면 어떡하나. 1년에 두 편씩 찍으면 어쩌나. 덜컥 겁이 났다.

2차에 남은 여덟 사람이 동그란 스테인리스 테이블에 빙 둘러앉았다. 대화는 끊이지 않았고 술잔도 잘 돌았다. 취기와 함께 용기가 올라갔다.

말할 수 있었다.

—저랑 홍미, 올드 힙합 키드예요.

—올드…… 뭐요?

봄이 물었다. 홍미는 경악하는 얼굴을 했다.

—올드 힙합 키드요. 저랑 홍미 고딩 때 랩 했어요.

늘 그렇듯 사람들의 관심이 내게 모였다. 홍미는 고개를 절레절레 저었다. 그러거나 말거나 나는 신이 났다.

—그 시절에 고등학생들이 동아리 활동 한다고 하면 장소를 주나요, 돈을 주나요. 마땅한 연습실도 못 구했죠. 그래서 어디지? 홍미야, 거기 이름이 뭐냐. 우리 제일 자주 갔던 곳.

─몰라.

─왜 몰라. 문화예술회관이지. 거기 2층에 자판기가 있었어요. 그거 콘센트 뽑고 우리 오디오 플레이어를 꽂았어요.

─응? 그러면 안 되는 거 아니에요?

─안 되죠. 몇 번 그러다가 경비 아저씨한테 들켜가지고 막 도둑놈들처럼 도망가고 그랬어요. 그래도 재밌다고 다 같이 웃고, 이게 힙합이다, 헝그리다, 그랬죠. 그런 주제에 공연하면 목소리는 있는 대로 깔고, 긁고.

─센 척은 네가 제일 심했어.

홍미의 말에 봄은 더 즐거워했다.

─언니, 진짜 사람이 다채로운 것 같아요.

─뭐래. 그냥 다 추억팔이지.

홍미는 자꾸 김빠지는 소리만 했다. 얼른 새로운 화제를 찾아야 했다.

─그렇게 공연하고 나서 우리가 뭐 했을 것 같아요?

─글쎄요. 술 마시나?

─에이, 술이 얼마나 비싼데. 홍미야, 네가 말해봐. 우리 어디 갔었지?

─왜 자꾸 날 끌어들여.

─너도 갔잖아. 말해봐. 우리 어디 갔어.

─미친놈인가……. 김밥집 갔다, 왜!

—김밥이요?

—대호김밥이라고 거기가 우리 동네 힙합의 성지였어요. 선배들부터 거기만 갔지. 스웩이 넘쳤단 말이에요. 대호가 큰 호랑이라서 대호인데 가게 벽에 엄청 큰 호랑이 가죽도 걸려 있었어요. 아주머니 맨날 호피 무늬만 입고.

—야, 넌 정말…….

—뭐.

—여전히 부끄러움이란 게 없구나.

한바탕 시끌시끌한 대화가 지나가고 테이블이 잠시 조용해졌다. 누군가는 물을 마시고 누군가는 안주를 먹고 누군가는 술잔을 채우며 다음 이야기를 준비하는 순간. 나는 가장 좋아하는 이야기를 꺼냈다. 월드컵 4강전 공연과 그 이후에 좀 더 이어지는 일들이었다.

*

우리나라는 독일에 졌다. 경기가 끝났을 때 나는 울었다. 그래도 공연은 성공적이었는지 우리는 다시 섭외되었다. 3, 4위 결정전이었다. 곡 리스트와 MR을 냉큼 주최 측에 보냈다. 그러나 공연은 취소되었다. 경기 당일 오전에 연평도 근해에서 교전이 일어났기 때문이다. 전사자와 부상자가 발생한 사건이어서 공연이 취소됐다. 급제 형의 전화를 받은 나는 죽상을 하고 방에 틀어박혔다. 축구를 보기 전에 아버지를 따라 맥주 한 캔을 마셨다. TV에는 교전에 대한 뉴스가 나왔지만 우리나라 선수들의 마지막 선전을 기원하는 내용이 더 중요하게 다뤄졌다. 세상의 분위기는 날씨로 치면 대체로 맑음이었다.

　─그냥 공연해도 되겠구만.

　말했다가 아버지에게 등짝을 맞았다.

　─북괴가 쳐들어왔는데 그게 할 소리냐?

　속상해서 맥주를 한 캔 더 땄고 경기가 시작하기도 전에 잠들었다. 우리나라는 3대2로 졌다.

　월드컵이 끝났어도 열기는 식지 않았다. 문화 행사가 많이 열렸고 우리도 여러 공연에 불려 다녔다. 대학 축제에까지 초대될 정도로 인기가 올라간 우리는 급기야 페이 2백만 원의 공연에 섭외되었다. 한반도, 통일, 안보 등의 단어가 길게 조합된 이름의 단체가 주최하는 '통일 기원 콘서트'였다. 주최는 중요하지 않았다. 2백이면 주최 측이 사탄이어도 올라가야 했다. 1년 치 활동비를 훌쩍 넘는 돈이었다. 공연 당일까지도 취소가 되면 어쩌나, 걱정하며 연습을 했다. 공연은 대박이 났다. 나는 인기인이 됐다. 뽕삘 다분한 멜로디에 맞춰 안무를 만들어봤는데 멤버들이 좋아했고 그게 대박이 났다. 안무를 만든 내가 당연히 돋보였을 것이고 입고 있던 옷 색깔 때문에 '중앙동 주황이'로 소문이 쫙 났다. 한동안 공연 때면 나를 보러 오는 소녀들이 있을 정도였다.

그런 관심이 좋았지만 오래가지 않을 거라는 걸 알았고 실제로도 그랬다고, 무엇보다 중요한 건 진심이었다고, 그래서 그 시절이 그립고 뭔가에 또 미쳐볼 수 있으면 좋겠다고, 그러므로, 영화에 뛰어든 봄이 씨가 존경스럽다고. 그렇게 이야기를 마무리 지으려 했는데 그러지 못했다.

—그게 그렇게 좋았냐?

내가 열심히 이야기의 긴장을 올리는 동안 맥주만 홀짝이던 홍미가 끼어들었다. 봄의 시선이 홍미에게 갔다. 그쯤 되자 나도 짜증이 훅 솟았다.

—뭔 소리야.

—뭐가 좋다고 그때 이야기를 그렇게 성실하게 해.

—야, 취했으면 집에 가라.

—안 취했다.

—취했는데?

—그래, 취했다. 그게 뭐.

—집에 가라고.

—니가 뭔데 가라 마라야.

분위기가 급격하게 개판이 됐다. 봄이 불편해할까 봐 몸이 달았다. 홍미는 아랑곳하지 않았다. 대체 왜 저러나 싶었다. 17년 만에 만난 친구한테 왜 저리 쌀쌀맞게 구는 건지. 어쩌면 영화제 날부터 보인 묘한 태도가 장난이 아니었을 수도 있겠다 싶었다.

— 왜 자꾸 어깃장이야.

— 내가 왜 그럴까?

— 그래서 묻잖아.

— 내 말에 대답이나 해.

— 뭘!

— 좋았냐고. 인기 끄니까 좋았냐고.

— 질투하냐?

— 지랄하네.

— 좋았다. 어린 마음에 좋았겠지. 그럼 싫었겠냐?

— 그래? 북괴 처단 어쩌고 하는 공연에서 스타 돼서 좋았어?

한두 명씩 화장실, 담배, 전화 핑계를 대며 밖으로 나갔다. 남은 건 나, 홍미, 봄이었다. 봄은 눈치 게임에서 진 사람처럼 앉아 있었다. 홍미가 그런 봄 쪽으로 몸을 기울였다.

— 봄.

— 네?

— 나도 이야기 하나 해줄까?

*

2002년 6월 14일은 내 인생에서 가장 행복한 날이었다. 우리나라가 포르투갈을 잡고 월드컵 16강에 진출한 날이었다. 처음으로 거리 응원을 나갔던 나는 박지성의 원더골에 미칠 듯 신이 났다. 전국이 광분했고 집에 가는 길에는 술집마다 문을 활짝 열고 공짜 생맥주를 나눠 줬다. 나도 슬쩍 한 잔을 받아서 마셨다.

그리고 그날은 신효순의 열다섯 번째 생일이었다.

양주에 살던 신효순은 전날 죽었다. 열다섯이 되지 못하고 세상을 떠난 것이었다. 같은 학교에 다니던 친구 심미선과 함께 미군 장갑차에 깔렸다. 붉은 물결에 취한 사람들은 그 소식에 큰 관심을 두지 않았다. 나도 마찬가지였다. 하지만 끈질기게 진실을 좇는 사람도 있어서 월드컵과 연평해전이 헤드라인에서 내려간 뒤 주요 뉴스로 다뤄지기 시작했다. 나로서는 이해하기 어려운 말들이 가득한 사건이었다. 누군가는 사고라 했고 누군가는 고의라 했다. 미군 철수를 외치는 사람들이 있는가 하면 그들을 빨갱이라고 하는 사람들이 있었다. 그중에 내 마음과 가장 비슷했던 건 내가 좋아했던 지리 선생님의 말이었다.

—이 좋은 시기에 왜 하필 이런 일이 생겼을까. 괜히 마음만

우울해지네.

공연 섭외는 7월 중순에 들어왔다. 전국 각지에서 촛불 집회가 열렸고 우리가 살던 곳에서도 사흘에 한 번씩 집회가 열렸다. 장소는 시청 앞이기도, 시내의 번화가이기도, 둔치이기도 했다. 우리는 강변공원 집회에 초청을 받았다. 나는 공연에서 빠지겠다고 했다. 학원 보강이 잡혔다고 말했다. 생각나는 핑계가 그것뿐이었다. 홍미는 잠깐 황당하다는 표정을 지었지만 금세 안색을 고쳤다. 진짜 이유는 부모님 때문이었다. 촛불 집회를 보며 혀를 끌끌 차던 모습이 떠올랐다. 너는 저런 데 나가면 안 된다. 저게 다 빨갱이들이 하는 짓이란 말이야. 미국이 얼마나 고마운 나라인데. 그래서 무서웠다. 괜히 공연했다가 부모님이 알게 되면…… 상상하고 싶지 않았다.

—왜 공연을 안 한다는 건지 모르겠지만, 그래도 보러는 와.

집에 돌아가는 길에 홍미가 말했다. 강가의 대나무 숲에서 바람이 지나가는 소리가 났다. 소리가 더 커졌으면 했다.

—비밀은 지켜줄게. 그러니까 오라고.

나는 작게 고개를 끄덕였다.

공연장에는 좀 늦게 갔다. 멤버들은 이미 대기실로 들어간 것 같았다. 무대에서는 수화 동호회가 공연 중이었다. 나는 관객석 맨 뒤에 앉아 공연을 기다렸다. 노란 조끼를 입은 사람들이 촛불을 나눠 주었다. 망설이다가 촛불을 받았다. 바람이 많이 불어 촛불이 자꾸 꺼졌다. 사람들은 그때마다 꺼지지 않은 초를 기울여 서로에게 불을 붙여주었다. 나는 촛불이 꺼진 채로 두었다. 얼마 지나지 않아 멤버들이 무대에 올랐다. 공연은 차분하게 진행됐다. 선곡도 신중했다. 공연이 끝나자 관객들이 큰 박수를 보냈다. 멤버들은 평소와 다르게 90도로 인사를 했다. 무대에서 내려온 멤버들에게 갔다. 선배들이 나를 먼저 발견하고 다가왔다.

—학원 끝났어?

—아뇨. 보강 취소예요.

홍미와 눈이 마주쳤다. 얼른 피했다.

—그래? 그럼 같이했으면 좋았을걸.

—그러게요.

조명이 꺼지고 촛불 행진이 시작되었다. 멤버들도 초를 하나씩 받았다. 나도 새로 하나 받았다. 앞에 걷는 사람의 발꿈치만 보며 걸었다. 산을 탈 때 힘들면 그렇게 하라던 아버지의 말이 생각나서였다.

—왔네?

홍미가 내 옆에 왔다. 나는 움찔했다.

—어, 어……

멍청하게 대답했다. 우리는 말없이 걸었다. 행진은 걸어서 20분 정도 거리의 시계탑까지였다. 어디선가 들어봤는데 제목을 알 수 없는 노래가 나왔고 홍미가 그 노래들을 따라 불렀다.

계속 앞사람의 뒤꿈치를 보고 걸었다.

일이 일어난 건 순식간이었다. 홍미가 나를 붙잡았다. 홍미를 쳐다봤다. 홍미는 카메라 앞에 서 있었다. 커브 길에서 기다리고 있던 방송국 기자가 홍미에게 인터뷰를 청한 것이었다. 나는 몹시 당황했다. 카메라에 MBC 로고가 박혀 있었다. 나의 부모님은 내가 태어나기 전부터 〈뉴스데스크〉 애청자였다. 홍미는 정확한 딕션과 유려한 플로우로 대답을 했다. 프리스타일 배틀 때마다 나에게 졌던 애가 맞나 싶었다. 큰일 났다는 생각에 정신이 무너졌다. 카메라는 나와 홍미를 함께 잡고 있었다. 인터뷰하는 사람과 옆에서 고개 끄덕이는 친구. 뉴스에서 자주 보던 그림 속에 내가 있는 것이었다. 그래서 어떻게 했나. 도망쳤다. 촛불을 끄고 앵글 밖으로 달아났다.

홍미가 거기까지 이야기했을 때 나는 뭐라도 해야겠다는 생각이 들었다.

—화장실이 급했다니까! 그날 장염이었다고!

당시에도 똑같이 했던 변명이었다. 언제 다 가버렸는지 셋만 남은 가게에 내 목소리가 필요 이상으로 크게 울렸다. 봄이 몸을 움츠렸다.

―미안해요, 봄이 씨. 근데 얘가 사람을 자꾸 이상하게 몰잖아.

―화장실? 가고 싶으면 그냥 가지. 내 촛불은 왜 끄고 갔는데.

저 망할 게 기억력은 또 좋고 지랄일까. 취한 거로 몰아갈 수도 없을 만큼 홍미의 얼굴빛은 맑았다. 자리를 털고 일어나서 택시를 불렀다. 택시는 오지 않고 가게 안에서 홍미와 봄이 속닥거렸다. 그 소리가 듣기 싫어서 이어폰을 찾았다.

*

금요일에서 토요일로 넘어가는 새벽이었다. 지하철역까지 금방일 줄 알았는데 차가 밀렸다.

―아저씨, 차가 왜 이렇게 더워요?

―아이고, 미안합니다. 에어컨이 고장이에요.

고장이 났으면 영업을 하지 말든가. 속에서는 끓고 밖에서는 쪘다. 귓전에 타이거JK의 목소리가 울렸다. 드렁큰타이거 4집 앨범의 1번 트랙이었다. MC의 철학은 총알보다 무섭던 그 노래는 홍미와 나란히 앉아 들은 적 있는 노래였다. 그 앨범이 나온 날 우리는 미술 학원 건물 1층의 레코드점에서 앨범을 사서 각자의 시디플레이어에 걸고 그림을 그렸다.

―어땠어?

쉬는 시간에 물었더니,

―음…… 실험적이야.

홍미가 대답했다.

―과학 시간이냐. 무슨 실험이야.

알고 보니 홍미는 자신의 시디플레이어가 한 곡 재생 모드인 줄도 모르고 첫 곡만 계속 듣고 있던 거였다.

―야, 보통 그러면 한번 확인을 해보고 그러지 않냐?

―몰라. 그냥 첫 가사가 좋아서 그걸로 게임 끝났다 했지.

대화는 그렇게 끝이었다. 무슨 소리를 하는 건지. 언제부턴가 홍미와의 대화는 그런 식이 되었다. 엉뚱한 방향으로 새고 뚝뚝 끊어지고.

그때를 생각하니 또 분했다.

다음 노래가 재생되었다. 싹 다 패대기쳐버리라고, 넋업샨이 외쳤다. 망할 놈의 랜덤 재생이었다.

엄지로 휴대전화 화면을 아무리 밀어봐도 듣고 싶은 노래는 찾아지지도 생각나지도 않았다. '널 내 걸로 만들겠어' 아니면 '가져 날 가져' 이런 노래만 자꾸 나왔다. 전화벨이 울렸다. 홍미였다. 7분 28초를 통화했다. 더 끓을 것이 없을 줄 알았던 속이 한 번 더 끓었다.

머릿속에 봄의 영화를 망작의 세계로 보낼 아이디어가 마구 떠올랐다. 아니, 아니지. 똑같은 인간이 되지 말자. 천천히 심호흡했다. 그런데도 생각은 꼬리에 꼬리를 물고 홍미와 있었던 옛일들을 떠올리다가, 생각이 났다.

그날.

홍미의 촛불을 불어 끄고 등을 보이며 도망갔던 밤. 나는 멀리 가지 못하고 다시 달려서 그곳으로 돌아갔다. 거기에는 카메라도 기자도 홍미도 없었다. 저만치에 시위 행렬이 보였으나 홍미가 속해 있는 무리인지는 알 수 없었다. 뒤쪽에서 한 무리의 사람들이 더 걸어왔고 그들에게 휩쓸려 나도 걷기 시작했다. 누군가가 나에게 촛불을 건넸고, 나는 그것을 물끄러미 보다가 다시 반대 방향으로 달려갔다.

그 순간 내가 느낀 감정과 기분까지 모두 떠올랐을 때 홍미로부터 문자가 한 통 왔다.

너 노트 두고 갔더라. 근데 요새도 가사 쓰냐?

대답하지 않았다. 잠시 뒤에 모르는 번호로 또 문자가 왔다. 봄이 보낸 것이었다. 봄은 화가 많이 나 있었다. 답을 하지 못하고 화면만 보고 있는데 같은 번호로 전화가 걸려왔다. 망설이는 사이 한 번 끊어졌고 곧바로 홍미에게 전화가 왔다. 온몸의 땀샘이 열린 것처럼 땀이 줄줄 났다. 전화기를 끄고 창으로 고개를 돌렸다. 그래도 더웠다.

계절은 여름. 그때나 지금이나, 지독하게 더운 여름, 밤이
었다.

알레

야채가 나를 기다리고 있었다. 주소만 알려주면 된다고 했는데 사람 정이 그런 게 아니라며 굳이 마중을 나왔다. 조기축구회 롱 점퍼 소매 아래로 보이는 야채의 손이 빨갰다. 장갑 끼는 걸 싫어했던 야채는 목도리를 두르는 것도 싫어해서 코끝까지 빨갰다. 꽁꽁 언 얼굴을 한 주제에 머리카락만큼은 컬의 상태가 좋았다. 아파트 상가의 미용실에서 3만 원을 주고 새로 볶았다고 했다.

이탈리아 축구 선수 스타일.

야채가 스무 살이 되자마자 부린 멋이었고, 조기축구회 아저씨들의 인정을 받았다. 우리 마누라 스타일인데? 시청 조경과에 다니는 아저씨의 아내 스타일을 1년 내내 유지하고 있었으므로 나는 야채의 다른 머리 모양을 본 적이 없었다. 대낮의 터미널에서 키가 작은 야채를 찾는 일은 그래서 어렵지 않았다.

내가 탄 버스는 고속터미널로 들어갔다. 크리스마스이브의 전날이었고 애인을 만나러 가는 길이었다. 애인의 집은 수원, 우리 집에서 다섯 시간 거리였다. 겨울방학을 한 뒤로 만나지 못했기 때문에 조금이라도 빨리 애인을 만나고 싶었다. 야채의 집에서 하룻밤을 묵은 뒤 첫차로 수원에 가는 계획을 세우고 야채에게 연락을 했다.

재워줄 수 있나?

아마 될걸.

고맙네.

고맙긴.

곧 보자.

기다릴게.

나는 스무 살 겨울에 대전에 갔고, 야채는 나를 기다렸다.

겨울인데 더 까매졌군?

야채가 활짝 웃으며 말했다.

그 잠바는 여전히 땅에 끌릴 위기구나.

얼른 받아쳤다.

야채가 나를 데리고 국밥집에 갔다. 터미널 바로 옆에 있는 가게였다. 우리는 벽에 붙여놓은 긴 테이블에 나란히 앉았다. 거울에 나와 야채의 얼굴이 보였다. 야채의 얼굴을 그런 식으로 보는 건 처음이었다. 익숙한 듯 낯설고 민망한 듯 웃겼다.

다정한 착석이구만.

좋잖아.

뼈해장국을 먹으려 했는데 야채가 순댓국을 주문했다. 순댓국 맛집이었기 때문이다. 군데군데 그을린 자국이 있는 원목 식탁에 앉은 아저씨들이 소주와 순댓국을 즐기고 있었다. 얼굴이 붉고 목소리가 큰, 웃다가 욕을 하고 그러다 다 같이 웃는 아저씨들이었다. 야채는 다정한 눈빛으로 그들을 봤다.

『삼국지』에 나오는 사람들 같아.

너는 저런 아저씨들하고 공을 차는 건가?

좋은 분들이지.

야채는, 말이 나와서 말인데, 하며 지난 주말의 축구 시합 이야기를 했다. 야채는 말을 많이 하진 않았지만 이야기를 하는 건 좋아했다. 야채의 이야기는 재미가 있었다. 내가 이렇게 해서 이겼고, 누가 그렇게 해서 졌다는 식이 아니었다. 야채는 시합 전체의 흐름을 드라마틱하게 그려냈다. 야채의 이야기 속에서는 흙먼지 날리는 운동장에서의 조기축구도 치열하고 아름다운 시합이 됐다. 제1시합이 끝났을 때, 순댓국이 나왔다. 한 그릇이었다.

왜 하나지?

하나를 시켰으니까.

그랬어?

너 먹어라.

너도 먹어야지.

세 시다.

그게 뭐.

점심 먹었다고.

나도 먹었는데?

버스에서?

휴게소.

아.

나눠 먹어.

소주랑 먹자.

나와 야채는 소주 한 병과 순댓국을 나눠 먹었다. 뚝배기에서 순대와 내장이 계속 나왔다. 이건 마술인가. 숟가락을 담갔다 뺄 때마다 뭔가가 자꾸 건져졌다. 야채와 아는 사이라는 아저씨가 가게에 들어와서 한 그릇을 더 시켜주려는 걸 야채가 잘 말렸다. 우리는 술과 국을 한 방울도 남기지 않았다.

야채의 집까지는 걸어서 20분 거리였다. 하지만 우리는

40분 넘게 걸었다. 야채는 걷는 동안 보이는 모든 편의점에 다 들러서 웹하드 쿠폰을 한 장씩 집어 나왔다. 쿠폰이 있는 편의점도 있었고 없는 편의점도 있었다. 처음에는 뭘 살 것처럼 돌아보는 시늉이라도 하더니 나중에는 곧장 계산대로 갔다.

미드를 공짜로 보기 위해서였다. 야채가 빠진 드라마는 〈24〉였다. 시즌 4까지 나와 있었고 봐야 하는 에피소드의 수는 96개였다. 야채는 일주일 동안 시즌 2까지 봤다고 했다. 하루에 드라마를 일곱 시간씩 본 것이었다. 나로서는 상상할 수 없는 일이었다. 그걸 보려고 주말 동안 호프집 아르바이트로 번 돈을 다 썼다고 했다.

미친 거야?

보고 말해라.

야채는 당당했다. 모은 쿠폰을 세어보더니 시즌 3까지는 무난하겠다며 기뻐했다.

애초에 쿠폰을 썼으면 돈을 아꼈을 거 아냐?

내가 말했다. 야채는 쿠폰을 부채처럼 펼쳐 들고 콧노래를 불렀다.

인생은 돈을 좀 쓰면서 배워야지.

야채와 함께 〈24〉 시즌 3을 봤다.

잭 바우어!

야채는 주인공이 위기에 빠질 때마다 그 이름을 외쳤다. 미연방 수사관 잭 바우어. 야채의 입에서 발음되는 그 이름은 멋졌다. 어른 남자의 이름, 향수보다 애프터셰이브가 어울리는 이름, 위기에 빠지는 이름, 외로운 사내의 이름.

그게 뭐라고. 그런 게 먹히던 시절이었고 그런 것에 휘둘리는 나이였다.

그러므로 환장하게 재미있는 〈24〉. 나 역시 웹하드 쿠폰을 구하러 다니는 신세가 될 것 같았다. 수렁에 빠진 셈이었다. 내 마음을 읽은 건지 야채가 말했다.

내 아이디로 들어가면 일주일 동안 다시 볼 수 있어.

그 순간 내 눈빛에는 존경과 감사가 서려 있었을 것이다.

쿠폰 구하는 거 험한 일이야.

야채가 꼭 잭 바우어처럼 보였다.

야채의 방은 작은 듯 컸고 큰 듯 작았다. 책상에는 노트북과 우유병과 담뱃갑이 가지런히 놓여 있었다. 우유와 담배는 모두 빨간색 로고를 쓰는 회사 것이었다. 책장에 꽂힌 책들은 몇 권 되지 않았지만 다 재밌어 보였다. 애거사 크리스티와 헤르만 헤세와 재러드 다이아몬드와…… 그 이름들은 내가 아직 닿아 보지 못한 세계와 이어져 있을 것 같았다. 싱글 사이즈 침대 위에는 하루키가 펼쳐져 있었고 머리맡의 선반에 향수와 올인원

로션과 헤어 에센스가 보였다. 방구석에는 이름 모를 열대식물 화분과 축구용품이 든 가방이 있었다.

그게 전부였다.

침대와 책장과 책상이 있고 잠시 머무르다 갈 물건들이 있는 방. 그 방은,

야채와 잘 어울렸다.

야채는 그런 걸 잘했다. 나는 그게 멋지다고 생각했다. 한번도 말한 적은 없었다. 그저 마음으로, 속으로, 가지고 있었다. 말을 하면 야채와 멀어질 것 같았다. 뚜렷한 기분, 아니 그것은 기운이었다. 틀림없이 그렇게 되리라 생각했다. 그건 예감보다 직감에 가까운 것.

내가 두려워하는 일이었다.

사랑하러 가다가 들른 곳에서 문득 쓸쓸해졌다. 아니, 그럴 수 없어.

딴 거 하자. 드라마 그만 보자.

야채가 멈춤 버튼을 누르고 시계를 봤다.

할 일이 있긴 한데.

개가 사라진 것은 한 달 전이었다. 흰둥이였다. 이름은 알레. 야채가 사랑하던 축구 선수의 애칭이었다.

알레는 보름 전 저녁 7시에 놀이터에서 사라졌다. 그날 이

후로 야채는 저녁 7시마다 동네 이곳저곳을 돌아다니며 알레를 찾았다.

오늘은 네가 있어서 느낌이 좋다.

야채는 의욕적으로 길을 나섰다. 나는 개를 키워본 적이 없어서 개를 잃어버린 적이 없었고 개를 찾는 법도 알지 못했다. 야채가 할 일을 알려줄 거라 생각했는데 그렇지 않았다. 야채도 뭘 어떻게 해야 하는지 잘 모르는 것 같았다. 엘리베이터에, 아파트 입구에, 가로등과 전봇대에 붙여둔 '개를 찾습니다' 전단을 바꿔 붙이는 게 고작이었다. 멀쩡한 전단이 없었다. 죄다 어디 한 군데는 훼손되어 있었다. 전단이 자꾸 찢기거나 사라지는 것에 야채는 마음을 다친다고 했다. 굳이 그렇게까지 하는, 노력하는 악의를 가진 사람들이 무섭다고. 나도 마음을 조금 다쳤다.

우리는 계속 걸었다.

조용히 걸었다.

이름이라도 부르면서 다니면 안 돼?

내가 물었다.

주민 신고 들어온다.

야채가 말했다. 가라앉은 목소리. 뭘 해야 할지 모르는 게 아니었다. 할 수 있는 게 없는 것이었다.

그래서 걷는 거야. 땀을 내면서 계속 걸었지.

왜?

냄새를 홀리려고. 개는 귀도 밝지만 코도 밝다.

땀이 났다고 했지만 야채에게서는 은은한 향기가 났다. 수박이나 자두의 향과 비슷했다. 달고 새콤한. CK One Summer. 그것은 몇 년 뒤에 나의 첫 향수가 되었다. 코의 점막에 젖어들 듯 번지는 그 향기가 왜 여름을 이름으로 가진 건지 나는 알지 못했지만, 그런 향을 맡으면서 돌아오는 하얀 개를 생각하니 왠지 우아하고 뭉클한데, 웃긴 것 같기도 했다. 나도 좀 뿌리고 나올걸. 후회했다.

개를 찾는 일은 8시에 끝났다. 한 시간 반을 걸어 다녔으나 실패였다.

오늘도 망했구만.

야채가 아쉬워했다. 그런 야채는 낯설었다. 야채는 알레가 사라졌던 벤치에 앉아 담배를 물었다. 나도 한 대 달라고 했다. 야채의 담배 냄새라도 몸에 묻혀볼까 하는 마음이었다. 기침이 났다. 야채가 웃고.

담배 연기 두 줄기가 하늘로 곧게 올라갔다.

대전 터미널이 아직 복합 터미널이 되기 전이었으므로 기숙사 안에도 담배를 피울 수 있는 곳이 있던 때였다. 야채는 기숙사 비상계단에서 담배를 피웠고 나는 자주 따라갔다. 담배를 배우려는 건 아니었고 야채의 담배 끝이 타들어가는 걸 보는 게 좋아서였다. 야채는 나의 인간관계 내력에 처음으로 등장한 흡연자였다.

나는 재미없게 살았던 것일까.

알 수 없지만 야채의 등장으로 삶이 조금 더 재밌어진 건 맞았다. 나는 관계에서 느끼는 기쁨을 표현하는 걸 좋아했고 그건 사랑을 하는 데 도움이 되었지만 야채는 그런 이야기를 하지 않았다. 그래도 내가 찾아가면 의자와 쿠션을 주었고 보고 있던 영화를 처음부터 틀어주었다.

야채가 나를 찾아오는 때도 있었다.

술에 취해서, 혹은 식지 않은 땀 냄새를 풍기면서. 내 침대에 말없이 앉아 있다가 갔다. 무슨 말을 시켜도 웃기만 하고.

굿 나잇, 아주.

인사를 하고 갔다. 굿 나잇에 아주라는 부사가 어울리는지 매번 고민했다. 이불을 덮으면 뭐라 설명하기 힘든 냄새가 났고 욕을 하면서 잠이 들었지만 기분이 나빴던 건 아니었다.

철은 없어도 염치는 있는 스무 살이었기 때문에 사랑을 하게 되었을 때 야채에게 족발을 샀다. 나의 사랑이 시작되었다는 소식을 듣고 야채는 예수처럼 웃었다.

나를 말없이 안아줬다.

야채에게는 자격이 있었다.

야채의 역할은 멘탈 케어였다. 내 마음이 사랑으로 번져가는 걸 알아챈 이들은 각자의 방식으로 훈수를 두었다. 실제적이고 무용한 조언들이었다. 여럿이 식당에 가면 대각선으로 앉아라, 같은 것들. 야채는 달랐다. 과묵한 축구 감독 같았다. 내가 미주알고주알 고민 상담을 하면 팔짱을 끼고, 검지로 미간을 문지르면서,

애껴두자.

했다. 야채는 무조건 '애끼자'고 했다. 아끼는 것만으로는 힘들테니까, '애끼자'고.

애낄 때까지 애껴보는 거야.

어떻게 해야 하는지는 야채도 잘 몰랐을 것이다. 그러니까마냥 '애끼자' 한 것이다. 그런데 그게 도움이 됐다. 그런 말이꼭 필요했는데 야채 말고는 해주는 사람이 없었다. 얼른 이걸하고, 저걸 해서, 결과를 내라는 식의 말뿐이었다. 뭐가 맞는지는 자기도 모르면서 뭔가 재밌는 일이 일어나길 바라는 사람들사이에서,

야채는 도와주고 싶었던 것이다.

그래서 나눠 준 것이다.

아끼는 마음을.

아끼고 아낀 덕분에 사랑이 왔다.

야채에게는 무엇이 갔을까.

일단 족발을 줬다. 소(小)가 2만 5천 원. 학교 앞에서 가장 비싼 야식이었지만 시원하게 냈다.

담배를 다 피우고 나서 우리는 놀이터에 조금 더 앉아 있었다. 밤의 놀이터에는 아무도 오지 않고 바람이 불었다. 추웠다. 알레도 추울까. 본 적 없는 개를 걱정하는 밤. 야채에게 물었다.

알레가 돌아올까?

어떨 것 같아?

돌아오면 좋겠다.

고마워.

다시 바람이 불고, 이번엔 야채가 말했다.

이야기 하나 해줄까?

그래.

전쟁터의 이야기야. 러시아였어. 어떤 병사의 편지함에서 장밋빛 천 조각이 떨어져. 병사는 그걸 누구에게도 보여준 적이 없었어. 그는 그걸 허겁지겁 감췄어. 그날 저녁이 되어서야 친구에게 말했지. 그 천 조각은 자기 신부의 속옷이라고. 병사의 신부는 늘 장밋빛 속옷만 입었던 거야. 병사에게 그 장밋빛 천 조각은 부적이었던 거지. 하지만 말이야. 친구는 그 천 조각을 빼앗아서 머리 위로 치켜들었어.

친구가 아니었던 걸까?

글쎄.

다음엔 어떻게 돼?

그걸 보고 뭐라고 했겠나, 전쟁터의 군인들이. 그들은 족히 30분은 웃고, 이상한 말들을 떠들어댔어. 병사는 그걸, 그 천 조각을 내던져버렸지. 그리고 다음 날 총에 맞아. 곧바로 당하고 말았던 거야.*

슬픈 이야기다.

아름답고.

야채가 담배 두 개비를 꺼냈다. 자기 담배에 불을 붙이고 거기에 내 몫의 끝을 태워서 건넸다. 불빛에 드러나는 야채의 얼굴은 생각에 잠긴 것 같았다.

무슨 생각을 하고 있을까.

공기가 차고 고요했다. 야채에게 묻고 싶은 게 많아지는 밤이었다. 그날이 처음은 아니었다. 사실 늘 궁금했다.

발등으로 공을 차려면 어떻게 해야 하느냐고, 너는 왜 영어를 잘하느냐고, 한 번 읽은 책을 오래 기억하는 요령이 있느냐고, 왜 나는 너의 우는 얼굴을 본 것 같으냐고, 버드와이저와 스윙칩이 잘 어울리는 건 어떻게 알았느냐고, 신해철을 좋아한 건 언제부터였느냐고, 나에게 처음 들려준 신해철이 왜 〈나에게 쓰는 편지〉였느냐고.

묻고 싶어. 아니, 묻지 않기로 했다. 머릿속에서 일어나는 익숙한 순환. 언제나 그랬다. 두자, 애끼자, 그대로. 충분하지 않나, 이대로.

나에게 그건 익숙하지 않은 일이었지만, 나는 그렇게 했다.

야채가 담배를 한 대 더 피우고 있는데 하얀 개가 달려왔다.

알레다!

내가 말했다. 사건이구나. 사건이 일어나는구나. 좋은 사건이야.

아니다.

야채가 딱 잘라 말했다. 너무 단호해서 서운할 지경이었다. 야채는 개를 제대로 보지도 않았다.

똑바로 봐봐. 흰둥이 맞잖아.

세상에 흰 개 많아.

야채는 여전히 개를 보지 않았다. 개가 야채 앞에 앉았다.

이래도 아니라고?

알레 아니야.

그럼 뭔데.

뭐냐니. 말이 심하다.

뭐래.

걔는 개야.

무슨 개냐고.

아는 개.

알레를 닮았지만 알레는 아닌 개. 개의 주인은 아니지만 돌봐주는 야채. 둘은 서로에게 잘 대해주는 것처럼 보였다. 야채가 가방에서 사료를 꺼내 주고 물도 줬다. 개는 허겁지겁 먹고 야채의 손바닥을 핥았다. 야채는 개의 머리를 쓰다듬고 일어났다. 야채의 옆에서 무릎을 안고 있던 나도 일어섰다. 컹. 개가 나를 향해 짖었다. 나에게만 짖는 게 야속해서 눈싸움을 걸어봤지만 개는 나를 보지 않았다.

집에 들어갈 줄 알았는데 술을 마시러 갔다. 백반집에 가서 김치찌개를 시켰더니 소주가 같이 나왔다. 낮에 먹은 순댓국이 배에 남아 있었는데도 찌개가 훌훌 들어갔다.

새콤해서 그래. 새콤해서.

야채는 미역줄기, 어묵볶음, 소시지부침, 깍두기, 느타리버섯도 잘 먹었다. 야채가 좋아하는 음식들이었다. 식당 주인은 야채의 입맛을 잘 알고 있다 했다. 단골이었기 때문이다. 나는 나의 단골 가게를 떠올려보았고 한 군데도 생각나지 않아서 속상했다.

우리는 따뜻한 음식들을 소주 두 병과 함께 남김없이 먹었다. 그렇게 먹고 만 5천 원을 냈는데 3천 원이 돌아왔다.

소주 한 병은 서비스.

야채는 주인과 가볍게 포옹을 하고 강아지처럼 웃었다.

이제 정말 집에 가는 줄 알았는데 목욕탕에 갔다. 목욕탕 주인도 야채에게 친절했다. 나를 친구라고 소개하자 계산대 구멍에서 바나나 우유 두 개가 나왔다. 우리는 뜨거운 물에 몸을 불리고 서로의 등을 밀어주고 온돌에서 30분 정도 잔 다음에 이발소 옆의 평상에 앉아 바나나 우유를 먹었다. 순하고 달콤한 맛이 혀에 퍼졌다.

아, 좋다.

말해버렸다.

이것도 좋을 거야.

야채가 껍데기를 깐 구운 계란을 줬다. 짭짤하고 부드러웠다.

야채는 판타지스타였다.

Sono un fantasista.

신입생 환영회에서 그렇게 자기소개를 했다. 이탈리아어였다. 분위기는 썩 좋지 않았다. 돌아이가 하나 들어왔구나. 내 동기가 돌아이구나. 그런 분위기. 누군가가 어색하게 웃었고 다음 사람에게 순서가 넘어갔다. 그러나,

야채가 자신의 '판타지'를 증명하는 데는 일주일도 걸리지 않았다. 주말이 되자 선배들이 축구를 하자고 우리를 불렀고

야채는 엄청난 것들을 보여줬다. 공이 발에 붙어 다닌다는 게 뭔지 두 눈으로 처음 봤다. 바나나처럼 휘는 슛이 어떤 건지 야채는 프리킥을 찰 때마다 보여줬다. 5대0으로 1학년이 이겼는데 야채가 다섯 골을 넣었다. 선배들은 대패를 당하고도 부끄러워하거나 노여워하지 않았다.

빛이다. 우리 과에 빛이 들었다.

뒤풀이 자리의 주인공은 단연 야채였다. 그날 이후 동기와 선배들 사이에서 야채가 추천한 축구 선수들의 영상을 돌려 보는 것이 유행이 됐다.

야채가 사랑한 선수 '알레'의 풀네임은 알레산드로 델 피에로였다. 그라운드의 로맨티시스트. 유벤투스의 심장. 토리노의 연인.

이 시대의 마지막 판타지스타.

델 피에로는 골 세리머니를 할 때 익살스럽게 혀를 내밀었는데 야채는 그것마저 따라 했다. 델 피에로가 하면 익살스러웠지만 야채가 하면 약 올리는 느낌이 나서 다른 과와 시합을 할 때 시비가 붙는 일도 있었다. 틈만 나면 수비수의 가랑이 사이로 알을 먹이고, 그냥 슛해도 될 공을 굳이 골키퍼까지 젖히고 넣는 야채의 축구에 상대 팀은 비매너 운운하기도 했다.

두 발로 축구를 했을 뿐.

그게 야채의 입장이었고 우리는 그 입장을 지켜주기 위해 노력했다.

체육대회 날에 야채는 파마를 더 세게 말고 나타났다. 전날 밤에는 기숙사에서 델 피에로 스페셜 영상을 보는 게 목격되기도 했다. 운동장 위에서 야채는 화사하게 볼을 몰고 무지개처럼 빛나는 패스를 뿌렸다. 정말 델 피에로가 된 것 같았다.

우리 과는 우승했다. 과 역사에 처음 있는 일이었다.

그리고 야채는, 사랑을 받았다.

축구를 모르는 사람이 봐도 아름다웠던 야채의 축구는 야채의 존재까지 아름다워 보이게 했다. 뽀글뽀글 볶은 머리를 흔들며 질주하는 야채, 주근깨가 박힌 광대를 한껏 올리며 웃는 야채, 땀도 예쁘게 흘리는 야채는,

우리의 판타지스타였다.

그러나.

판타지스타는 속도와 피지컬을 중시하는 현대 축구의 생태에서 도태되고 있었다. 쉬지 않고 앞으로 달려야 하고 잠시 멈추면 몰아넣고 두들겨 패는 현대 축구의 방식에 판타지스타들은 자리를 잃어갔다. 모난 돌이 정을 맞는 현대 축구. 리얼 판타지스타의 계보는 델 피에로에서 끊길 위기였다.

야채는 안타까워했다.

우아하지 않다면 이기는 게 무슨 소용이야.

야채는 꿋꿋이 델 피에로를 연습했다. 매일 아침 홀로 운동장에 나가서 텅 빈 골대에 공을 감아 찼다. 날마다 한결같이, 2백 번씩.

야채의 집으로 돌아가는 길에 맥주를 몇 캔 샀다. 실컷 먹고 깨끗이 씻었더니 기분이 좋았다. 야채가 〈해에게서 소년에게〉를 흥얼거렸고 나도 따라 했다.

야채의 부모님이 집에 돌아와 있었다. 야채의 어머니는 식초를 푼 물에 발을 담그고 있었고, 아버지는 화투패를 늘어놓고 있었다.

안녕하세요.

인사를 했다.

넌 누구냐?

야채의 아버지가 말했다.

친구예요.

야채가 말했다.

친구라니, 참 좋다.

야채의 어머니가 말했다.

이리 와봐라.

야채의 아버지가 화투로 점을 봐주었다. 나의 생일과 생시를 묻고 이름의 뜻도 물었다.

그냥 그림 맞추기면서 그런 건 왜 물어?

어머니의 말이 식초 냄새를 타고 쿡, 들어왔다.

기분이지, 뭐.

아버지는 멋쩍어했다.

나의 운세는 '별일 없음'이었다.

웃음이 터졌다. 운세가 뭐 그래요. 말은 못 하고 웃었다. 야채가 같이 웃고, 야채의 부모님도 함께 웃었다.

그런데 혹시,

매일 밤 가족의 다음 날 운세를 점쳤다는 야채의 아버지는 지난 계절 아들의 고립도 봤을까. 그러지 않았기를 빌고 그 정도의 실력은 아닌 것 같았지만, 점괘보다 빠른 본능이 뭔가 알려주었을지도 모른다. 그렇다면 나는 또 미안해지고, 그날 밤 내가 그들과 웃을 수 있었다는 것은 조금 다행이지만, 그 정도로는 충분하지 않다는 것을 안다.

야채는 미마 씨의 친구가 되었다. 그리고 야채는 고립되었다.

미마는 미키마우스의 줄임말이었다. 그는 우리 학교의 지방 캠퍼스에서 온 편입생이었고 언제나 미키마우스가 그려진 티셔츠를 입었다. 그에게 잘 어울리는 옷이 아니었다. 수염 자국이 짙은 사각 턱과 짧고 굵은 몸, 렌즈가 두꺼운 뿔테 안경까지.

그의 외양의 어떤 것도 미키마우스와 조화로운 것은 없었다. 촌스럽고 비호감이다. 게다가 편입생. 그게 그에 대한 우리의 평이었다.

그런 미마 씨와 야채가 친구가 됐다는 것에 사람들은 놀랐고, 처음에는 야채의 아량을 높이 사는 분위기였다. 그러나 야채가 진심이라는 걸 알고 나선 등을 돌렸다. 결정적인 순간은 미마 씨가 학회장에게 고백했다 차였다는, 출처 모를 소문이 돌았을 때, 그리고 야채가 미마 씨의 편을 들어준 때였다.

반역이다.

정말로 그렇게 말한 사람이 있었다. 야채와 미마 씨에 대한 대응 지침 같은 게 돌았다.

나는 며칠을 앓았다. 야채를 잃고 싶지 않았지만 나도 고립될까 봐 두려웠다. 쉽게 잠들지 못하던 어느 밤에 야채의 방에 찾아갔다. 야채는 고개를 내밀고 복도를 살핀 다음 나를 방에 들어오게 했다. 나는 야채의 침대에 앉아서 말없이 조금 있었다.

자꾸 왜 그래.

내가 말했다.

내가 뭘 그래.

야채가 말했다.

굳이 왜 그러느냐고. 네가 굳이 왜.

야채는 창밖을 보더니, 버들이 좋네, 혼잣말을 하고 생각에 잠긴 표정을 했다. 그리고 엉뚱한 이야기를 시작했다.

　고등학교 2학년 때의 야채는 학급의 실장이었다. 그날도 반 아이들이 버린 일반 쓰레기를 대형 봉투에 담아 들고 소각장에 가고 있었다. 한여름이었고 쓰레기봉투가 무거워 땀이 줄줄 났다. 소각장에 거의 도착했을 때였다.

　네가 어떻게 개한테 그럴 수 있냐?

　낮게 깔린 목소리가 들렸다. 싸움인가. 야채는 그 자리에 서서 소리가 나는 쪽을 봤다. 남자애 넷과 여자애 하나가 대치 중이었다. 남자애들은 야채와 다른 반이었고 여자애는 부실장 영이였다. 영이가 꼿꼿하게 서서 말했다.

　내가 해명할 필요는 없는 것 같다.

　하, 이거 완전 씨발년이네.

　개 같은 년이 제 잘못도 모르고.

　다른 남자애들이 흥분하자 처음에 말했던 남자애가 손을 들어 진정시켰다.

　매너는 지키자.

　말하고, 영이를 봤다. 영이는 빈틈없는 표정으로 남자애를 봤다.

　다 됐고. 우리한테 한 대씩만 맞자. 그럼 끝낼게.

　야채는 귀를 의심했다. 영이에 대한 이야기를 야채도 들은 적이 있었다. 영이의 평판에 불리한, 그리고 자극적인 이야기였다. 뭐가 어쨌든, 때리다니. 어떡하나. 그때 영이가 말했다.

그럼 뭐가 달라져?

달라지지.

어떤 게.

많은 게.

영이는 고개를 젖혀 위를 한번 봤다가 다시 남자애를 봤다. 눈이 충혈되어 있었다.

때려.

야채는 멍하니 서서 그 애들이 하는 행동을 봤다. 남자애들이 차례로 영이의 뺨을 한 대씩 때리고 갔다. 영이는 부어오른 뺨에 손도 올리지 않고 서 있었다. 남자애들의 발소리가 들리지 않을 때까지 그렇게 있던 영이가 주르륵, 눈물을 흘렸다. 야채는 놀랐다. 우는 영이에게 놀랐고, 울 거라는 생각을 못 하고 있던 자신에게 놀랐다. 야채는 무거운 봉투를 든 채로 영이가 다 울 때까지 서 있었다. 그날 이후 야채는 영이에게 한마디도 붙이지 못했다. 영이도 야채에게 말을 걸지 않았다.

이야기가 끝나고 난 뒤에 몇 마디의 말을 더 나누었다. 그러는 동안 나도 창밖의 버드나무를 봤다. 늘 보던 그 나무의 빛깔이 미묘하게, 하지만 분명히 다르게 보였다. 내 안의 뭔가가, 이를테면 장기의 위치나 뼈의 결합 같은 것들이 조금씩 틀어졌다고 느꼈다. 어떻게 앉아도 불편했다.

내 방으로 돌아간 뒤에 야채에게서 문자가 왔다.

난 괜찮아.

뭐라고 답을 하기도 전에,

그러니까 너는 사랑을 해.

다음 메시지가 왔다. 긴 답장을 써 보냈으나 답은 오지 않았다.

야채의 부모님은 잠자리에 들고, 식초 냄새가 나는 거실에서 야채와 나는 짜파게티를 먹었다. 단무지가 없는데도 단무지를 먹는 것 같았다.

새벽 2시의 짜파게티는 특별해.

야채가 면발을 후루룩 치며 말했다. 듣고 보니 그런 것 같았다.

그 사람한테 배운 거다.

그 사람?

욱이 형.

그게 누군데.

미마 씨.

…….

그 사람의 이름은 정욱이고 며칠 전에 입대했어. 학사 장교를 하고 싶다고 했는데 그냥 가버렸어. 미키마우스를 입고.

야채가 말을 멈추고 맥주를 한 모금 마셨다.

갑자기 나도, 야채에게 뭔가를 알려주고 싶어졌다.

짜파게티에 계란프라이를 올려 먹어봐. 반숙으로.

맛있나?

맛있지. 우리 동네에선 그렇게 먹는다.

고맙다.

고맙긴.

꼭 그렇게 해볼게.

야채가 먼저 잠자리에 들었다. 나에게 침대를 내주고 바닥에 이불을 폈다.

바닥에서 자는 너를 본다면 부모님이 나를 가만두지 않을 거야.

야채의 말에 별수 없이 침대에 누웠다. 새벽 4시가 넘도록 잠이 오지 않았다. 야채가 낮게 코를 골았다.

갸릉. 갸르릉.

고양이 숨소리 같은 소리.

들은 적이 있는 소리였다. 몸을 일으켜 모로 누운 야채의 등 뒤에 누웠다. 여름의 초입에 야채가 그랬던 것처럼.

6월의 첫날이었거나 둘째 날, 새벽빛이 드는 시간에 야채가 내 침대로 뛰어들어 나를 끌어안았다. 온몸에 힘을 꽉 주고 나를 붙들었다. 갑자기 잠에서 깬 발버둥 치는 나에게 야채가 말했다.

나야 나. 놀라지 마라.

아, 뭐야. 뭐 하는데!

가만있어줘, 가만히. 제발…….

야채의 가쁜 숨이 귓바퀴에 닿았다.

왜 이래…….

귀신. 귀신이 있어. 귀신이 자꾸 귀에 바람을 분다.

피식, 웃음이 났다. 귀신이라니. 야채가 귀신을 겁내다니.

내 귀엔 네가 바람을 불잖아.

픽. 야채도 웃었다. 야채가 몸에 힘을 풀었다.

여기서 좀 잘게.

그래.

야채에게서 바디샵 화이트 머스크 향이 났다. 그 향을 맡으면서 나도 조금 더 잤다.

알람 소리에 허둥지둥 깼다. 야채는 이미 조기축구회 점퍼를 입고 앉아 있었다.

가야지.

야채가 발로 나를 툭 쳤다. 세포들이 확 깨어나는 기분. 잘 잔 것 같았다. 야채의 부모님은 아직 깨지 않은 것 같았다. 잘 묵고 갑니다, 쪽지를 식탁에 올렸다.

뭐 그런 걸 다.

야채는 조금 멋쩍어했다.

다시 터미널로 갔다. 차 시간까지 30분이 남아 있었다. 야채가 가락국수를 사 줬다. 단무지와 김치는 셀프였는데 야채가 갖다줬다. 먹다 모자라니까 더 갖다줬다. 내가 먹는 동안 야채는 TV에 나오는 챔피언스리그 재방송을 봤다.

알레!

야채가 외쳤다. 가게에 있던 사람들이 놀란 눈으로 우리를 봤다. 나도 놀랐다.

알레? 어디?

야채가 말한 알레는 개가 아니라 델 피에로였다. TV 화면에 유벤투스 유니폼을 입은 델 피에로가 골을 넣는 장면이 나왔다. 페널티 에어리어 45도에서의 감아 차기. 아름다운 궤적을 그리는 공. 야채와 델 피에로는 뽀글뽀글한 머리를 흔들며 기뻐했다.

귀여운 총각이네.

주인이 말했다. 야채가 코를 찡긋하며 웃었다. 순한 개처럼.

야채가 알레를 잃지 않기를,

마음으로 빌었다.

그건 말로 하면 안 될 것 같았다.

* 볼프강 보르헤르트의 「아마도 그녀는 장밋빛 속옷을 입었을 거야」
(『이별 없는 세대』, 문학과지성사, 2000)에서 빌려왔음을 밝힌다.

더 나은 무엇이 되어
만날 때까지

박혜진(문학평론가)

1. 올드 힙합 키드의 딜레마

강석희 작가와 나는 2005년에 대학생이 되었다. 세대론이 주는 단순화의 오류를 무릅쓰고 말하자면 우리 세대, 그러니까 1980년대생들도 청소년기의 중요한 감각을 거리에서 배웠다. 그러나 우리의 거리는 승리의 경험을 안겨다 준 정치적 구호가 메아리치던 1980년대의 거리와 구분된다. 자유로운 분위기 속에서 새로운 문화가 수혈되며 생기가 돌던 1990년대의 거리와 도 구분된다. 2002년 6월의 거리로 시계를 돌리면 가장 먼저 나타나는 장면은 월드컵 4강 진출에 대한 열망과 흥분이 담긴 응원 소리로 가득 찬 현장이다. 당시 한일 월드컵에서 한국의 축구 대표팀은 16강 진출이라는 오랜 숙원을 넘어 '4강 신화'로 기억되는 승리의 역사를 쓰고 있었다. 마침 고등학생이 된 '나'는 수능에 대한 두려움과 긴장으로 가득한 와중에도 분주하게 내

방과 거실을 오가며 축구를 봤고 축구보다 더 열정적이었던 거리 응원에 동참했다. 같은 시기 또 다른 거리에서는 여중생 장갑차 사망 사건에 대한 애도와 저항이 담긴 촛불 집회가 이뤄지고 있었다. 경기도 양주군에서 주한 미군이 조종하던 미 육군 장갑차에 두 여중생이 압사당한 사고가 벌어진 후 전 국민적인 반미 시위가 시작됐다. 이듬해 고등학생 2학년이 되었을 무렵에는 나도 촛불 집회에 참석하기 위해 거리로 나갔다. 응원을 위해 소리 지르던 거리에서 타도를 위해 소리 질렀다.

2002년에 벌어진 두 사건의 동시성은 세계 속 한국의 위치에 대한 상반된 인식을 불러일으킨다. 월드컵 4강 진출은 한국 축구가 4강에 올랐다는 사실뿐 아니라 지금껏 경험해보지 못한 '중심'을 경험하는 데에서 오는 전 국민적 환희에 다름 아니었다. 아닌 게 아니라 변방의 작은 나라에서 이루어진 꿈이었으니 결코 축소될 수 없는 사건이었던 것은 사실일 테다. 반면 여중생 미군 장갑차 사건과 이후 벌어진 논의 과정은 강대국과의 관계 속에서 한국의 지위를 적나라하게 들여다보게 만든 사건이었다. 염원해왔던 세계화가 목전에서 이루어진 것만 같은 자신감과 여전히 약소국으로서의 한계를 벗어날 수 없는 상황을 절감하는 사건이 동시에 벌어진 것이다. 2002년 6월의 거리가 상징적인 것은 어느 쪽도 완전히 선택하거나 완전히 배척

할 수 없는 딜레마적 상황이 한 시절의 기억으로 끝나지 않고 우리를 규정짓는 하나의 세계관이 되었다는 점에 있다. 욕망과 신념 사이에서 무엇도 선택하지 못한 채 정체되어 있는 딜레마적 상황은 '무력한 주체'의 출발점이다.

강석희가 세상에 내놓는 첫 소설집에서 가장 주목해야 할 부분도 이러한 딜레마에 빠져 있는 인물들이다. 「길을 건너려면」에서 교사인 '나'는 부동산 투자를 속된 투기라 바라보며 거리를 두지만 결국에는 세태의 흐름에 편입되고 만다. 「알레」에서 '나'는 오랜만에 만난 대학 동창의 느슨한 생활을 한심해하는 한편 느슨함으로 자신을 지켜내는 삶을 부러운 눈으로 바라본다. 「우따」에서도 '나'의 상황은 다르지 않다. 인종차별 문제를 바로잡으려다 비극적인 상황에 처한 우따를 만나기 위해 면회 간 '나'는 별다른 질문을 하지 못하고 별다른 대답을 듣지 못한 채 침묵할 뿐이다. 그를 지지하지도 못하지만 외면하지도 못하는 자신을 부끄러워하면서. 그리고 또 한 사람, 부끄러운 도망자로 기억되는 '나'가 있다. 「그런 식의 여름」에서 '나'는 이것도 저것도 선택하지 못하다 선택을 미룰 수 없는 상황에서 도망이라는 돌발적인 행동을 선택함으로써 지워지지 않을 흑역사를 쓴다. 누구도 이해하지 못했고 그 자신도 이해할 수 없었던 도망은 역설적으로 그가 처한 딜레마적 상황을 부각시킨다. 어떤 것도 선택할 수 없을 때 할 수 있는 것은 선택하지 않는 것을 선택하는 것이다.

「그런 식의 여름」에 대한 이야기를 조금 더 이어가보자. 한때 유별난 '올드 힙합 키드'였던 '나'는 현재 평범한 유튜버로 살고 있다. 그가 운영하는 채널은 알려지지 않은 명작을 찾아 정성껏 리뷰하는 것을 정체성으로 삼았으나 구독자 수와 조회 수가 올라가지 않자 마블 영화를 비교하는 등 대세에 영합하는 콘텐츠를 올리는 것으로 콘셉트를 바꾼 터였다. "아무도 알아주지 않았지만 아무도 알아주지 않았던 것이라 좋았"(153쪽)던 세계에서 나오자 조회 수는 눈에 띄게 올라갔다. 그러나 자신이 원하는 방향에는 예측 가능한 외로움이 있었지만 사람들이 원하는 방향대로 간 곳에는 예측할 수 없는 유명세가 있었다. 그러는 동안 '망작 전문 리뷰어'라는 멸칭까지 얻게 된 '나'는 어느 날 단편영화제 평가단으로 참여해달라는 요청을 받게 되고, 그곳에서 과거 힙합 동아리에서 함께 활동했던 홍미와 재회한다. 홍미와 '나'는 월드컵의 열기를 등에 업고 힙합 공연을 했던 각별한 사이지만 떠올리고 싶지 않은 기억을 공유하는 불편한 사이이기도 하다. '강변공원 집회'로부터 공연 제의를 받았을 때 촛불 집회를 보며 못마땅해하던 부모님 생각에 참여를 꺼려했던 '나'를 아는 홍미. 비밀은 지켜줄 테니 오기만 하라는 홍미의 말을 듣고 공연장에 갔지만, 기자와 인터뷰를 하는 홍미 옆에서 고개를 끄덕이는 친구가 된 상황에서 '나'는 홍미가 들고 있던 촛불을 끄고 도망친다.

촛불을 끄고 도망칠 때 '나'의 마음에는 촛불을 끔으로써 이 상황을 인터뷰에 어울리지 않는 장면으로 만들려는 순간적인 판단이 있었을 테고, 그런 판단을 하는 자신에 대한 부끄러움도 있었을 것이다. 홍미와의 재회는 그때와 지금을 돌아보게 한다. 축제 현장에 있어야 할지 집회 현장에 있어야 할지, 현실에 절망해야 할지 아직은 낙관해도 될지, 원치 않는 노동일망정 붙들고 있는 게 맞는 건지, 이런 식의 업무 변경은 부당하다며 박차고 나오는 게 맞는 건지 결정하지 못한 채. "더 나은 무엇이 되자. 그때 만나자"(96쪽)는 우따가 썼던 문장이다. 뒤에 이어질 문장을 상상하면 이 책의 제목이 떠오른다. "우리는 우리의 최선을." 거부할 수도 없고 받아들일 수도 없는 중간 지대에서 우리는 정의로운 패자가 되지도 못했고 불의의 승자가 되지도 못한 채 색깔 없는 표정을 짓고 있다. 다만 최선을 다하거나, 그들의 무용한 최선을 바라보거나. 어느 쪽으로도 기울지 못하는 불안한 평형 상태는 '학교'라는 공간을 통해 효과적으로 표현된다. 학교는 딜레마를 압축적으로 보여준다. 학교를 배경으로 하는 소설이 연거푸 등장하는 이유이기도 하다.

2. 1세계 속 3세계

학교는 사다리다. 학교를 통해 우리는 상승하거나 하강한다. 정규교육 과정이란 자신의 계급을 제도적으로 배급 받는 과정이기도 한 것이다. 초등학교 졸업을 앞두고 내가 느꼈던 해방감에 대해 종종 생각한다. 그때의 해방감이란 다른 차원으로 이동하는 데에서 오는 기대감이나 이전 과정을 수료한 데에서 오는 만족감과는 차원이 다른 종류의 감정이었다. 아마도 그건 다시 시작할 수 있으리라는 재설정에의 희망에 가까웠던 것 같다. 눈에 띄지 않을 만큼 평범한 모범생이었고 눈에 띄지 않을 만큼 평범한 가정 형편이었는데도 그랬다. 노출된 환경에서 벗어나 익명성이 보장되는 곳으로 간다는 것은 오로지 '나' 자신만으로 시작할 수 있는 깨끗한 출발에 대한 기대감을 주었다. 중학생이 되자 초등학교에서 벌어지던 다양한 구분 짓기는 성적이라는 절대 기준으로 수렴해갔다. 그로부터 다시 상급 학교에 진학하면서 성적으로의 집중은 한층 더 강해졌다. 학교라는 공동체에 속하는 순간부터 우리는 자의든 타의든 모두 구분 짓기라는 레이스 위에 올라선 선수가 된다.

대학생이 되자 성적으로 획일화되었던 구분 짓기는 다양

한 방식으로 확장되었다. 초등학생 시절에 경험했던 원시적 형태의 구분 짓기가 보다 구체적인 형태로 이루어졌다. 말하자면 그것들은 계급화된 모습으로 출현했다. 초등학생 때 정서적 차원에 머물렀던 지표들이 대학으로 옮겨오자 '힘'으로 작용했다. 비교적 비슷한 수준의 성적표를 지닌 학생들로 구성된 대학이란 공간에서 발생하는 구분 짓기는 대학이라는 공간에서 초등학생 시절로 회귀하는 것 같은 감각을 경험한 이유이기도 했다. 학교라는 존재를 통해 우리는 우리도 모르는 사이 계급을 수용하고 계급에 순응하는 것을 배운다. 학교라는 통로를 지나면서 자신을 둘러싸고 있는 무형의 상황들이 유형의 자본으로 계급화되는 과정을 목도한다. 계급의 관점에서 보면 학교는 사회적 구분 짓기를 위해 발명된 가장 성공적인 시스템인 셈이다. 물론 사다리로 기능하는 이상 이 시스템은 가치중립적이다. 오르내림을 통해 위치 이동이 가능하기 때문이다. 그러나 어느 순간부터 이 시스템이 제대로 기능하지 않기 시작했다. 사다리를 타고 오르내리는 움직임이 둔화되다 못해 사다리는 허울뿐이라는 이야기도 들려오기 시작했다. 오르내림이 사라지자 중간 지대는 줄어들고 위아래의 간극은 넓어졌다. 학교는 더 이상 사다리가 아니다.

    미국의 사회도시학자 사스키아 사센은 세계도시의 특징이 사회경제적 양극화라고 주장한다.[1] 세계도시에서는 고소득층이 늘어남과 동시에 소득이 낮고 사회경제적으로 불안정해지는 층도 확대되는 반면 비교적 안정되고 좋은 임금을 받았던 사회경제적 중간층이 계속해서 줄어드는 현상이 나타난다는 것이다. 크리스틴 콥튜치는 여기서 한 걸음 더 나아가, 우리가 '제1세계 속의 제3세계화'를 목도하고 있다고 주장한다. 전 지구적 불평등과 헤게모니적 지배가 이른바 '제1세계'의 도시에서 재생산되고 있기 때문이다. 매우 착취적인 노동조건의 작업장이 제1세계에서 생겨나고 있다는 것이 '제1세계 속의 제3세계화'의 명백한 증거다. 사치스러운 부자의 문화가 생성됨과 동시에 그들에게 개인적인 서비스를 제공하는 가난의 문화가 뒤따른다. 세계의 수준이 상승하면 상승할수록 그 상승의 열매가 전반에 영향을 미치는 것이 아니라 극단의 존재를 뚜렷하게 구분한다는 사실은 우리가 살고 있는 시대와 역사를 설명하는 가장 선명한 조건이다.

작가의 등단작 「우따」는 '1세계 속의 3세계'를 상징적으로 보여주는 작품이자 사회의 축소판으로서의 학교를 통해 이 사회가 어떻게 양극화를 지속하며 강화하고 있는지 보여주는 대

---

[1] 리브커 야퍼·아나욱 더코닝, 『도시인류학』(박지환·정헌목 옮김, 일조각, 2020) 참고.

표적인 작품이다. 백인들이 대부분을 차지하는 프랑스 파리의 한 학교에서 반의 유일한 동양인 학생이었던 '나'와 아프리카계 영국인인 우따, 그리고 필리핀 출신 소녀 마리엘이 중심 인물이다. 이들이 다니고 있는 학교에서의 인종차별은 눈에 띄는 방식으로 이루어지지 않는다. 가령 '나'와 우따는 아이들로부터 '아아아미(AAami)'라 불린다. '아아아미'는 '우리 교실의 유색인종'이라는 뜻이다. 당연히 혐오 표현이다. 암묵적으로 이루어지는 차별 속에서 자신이 편하게 자리 잡을 만한 곳을 탐색하며 은근한 혐오에 익숙해지던 차에 학교에서 사건이 발생한다. 실종된 지 두 달 만에 나타난 마리엘이 학교 축제 날 피터라는 남학생에게 염산을 부어 퇴학당하고, 그로부터 얼마 후 교장 살인 미수 혐의로 우따가 교도소에 수감된 것이다. 인종차별 문제를 알리기 위해 사이트를 개설해 활동하고 있던 마리엘이 피터로부터 폭력을 당했고, 이러한 사실을 묵인한 교장을 향한 분노가 우따로 하여금 폭력을 선택하게 한 것이다.

차별을 없애기 위한 우따와 마리엘의 노력은 수포로 돌아갔거나 처음부터 없던 일처럼 잊혔다. 혹은 오명으로 뒤덮였거나. 그리고 '나'는 이 비극적인 사건 앞에서 외면과 침묵만 할 수 있을 따름이다. 우따를 면회하러 간 곳에서 '나'는 여전히 우따로부터 많은 말을 듣지 못한다. 많은 것을 묻지 못했기 때문이다. 마리엘은 끝내 자살했고 우따는 구속되었으며 '나'는 여전히 "비겁함이 영리함이고 침묵이 성숙이라는"(95쪽) 규칙을 내면화한 채 살아간다. "더 나은 무엇이 되자. 그때 만나자." 우따의 글은 이루어질 수 없는 꿈인 것만 같아 우따의 웃는 얼굴을 더 쓸쓸하게 만든다. 우리는 공동체에 속하는 그 순간부터 구분 짓기라는 '범주화' 작업에 끊임없이 노출되지만 점점 더 그 범주는 고정된 핀에 못 박힌 채 움직이지 않는다. 학교를 통해 획득한 지적 자본이 사다리 타기의 수단이 될 수 없다면 이제 남은 것은 자산 증식 수단으로서의 집뿐이다. 그러나 집을 둘러싼 도전 역시 패배의 서사를 벗어나지 못하기는 마찬가지다. 「우따」를 통해 폭력에 폭력으로 맞설 수밖에 없는 막다른 상황에서의 절박함과 고립감을 학교에서 벌어지는 차별이자 학교라는 차별로 날카롭게 바라봤던 강석희는 이후 발표한 소설들을 통해 유연한 이동이 불가능해진 고체 사회의 비극적인 단면을 특유의 거리감을 좁히지 않은 채 기록해나간다.

3. 판타지스타의 추억

"평범한 세 골보다는 화려한 한 골을 넣는 것이 좋다. 그것이 판타지스타다."
— 로베르토 바조

고체 사회는 시대의 변화에 몸을 바꾸지 못한 사람들을 끊임없이 생산한다. 한 시대의 전환 지점에서 다음 열차에 올라타지 못한 채 빛바랜 기억으로 남은 추억의 영웅들을 우리는 어떻게 기억해야 할까. 「알레」는 판타지스타를 동경했던 어느 '판타지스타'에 대한 이야기다. 스무 살의 '나'는 방학을 맞아 수원에 살고 있는 애인을 만나러 가는 길에 대전에 사는 야채의 집에서 하룻밤을 머물기로 한다. '나'에게 야채는 인간관계에 나타난 최초의 흡연자였고 신입생 환영회에서 자신을 '판타지스타'라고 소개한 "빛나는 돌아이"였으며 주말 동안 호프집 아르바이트로 번 돈을 '미드'를 볼 수 있는 웹하드 쿠폰을 구입하는 데에 다 쓰는 괴짜다. 무엇보다 '알레'라 불리는 유별난 축구 덕후다. 사실 알레는 이 시대 마지막 판타지스타로 기억되는 축구선수 알렉산드로 델 피에로의 이름이자 야채가 동경하는 인물이지만 지금은 야채가 자신의 개를 부르는 이름일 뿐이다. 대전에서 만난 야채는 보름 전 놀이터에서 사라진 알레를 찾기 위해 알레를 잃어버린 저녁 7시가 되면 동네 이곳저곳을 돌아다니지만 알레는 소식이 없다. 잃어버린 개를 찾기 위해 '알레'를 부르는 야채의 저녁은 그가 상실한 것이 무엇인지, 그가 잃어버린 알레 가운데 되찾을 수 있는 알레는 무엇인지 질문하게 만든다.

그러나.

판타지스타는 속도와 피지컬을 중시하는 현대 축구의 생태에서 도태되고 있었다. 쉬지 않고 앞으로 달려야 하고 잠시 멈추면 몰아넣고 두들겨 패는 현대 축구의 방식에 판타지스타들은 자리를 잃어갔다. 모난 돌이 정을 맞는 현대 축구. 리얼 판타지스타의 계보는 델 피에로에서 끊길 위기였다.(204쪽)

이탈리아어로 판타지스타는 위대한 축구 선수를 의미한다. 이탈리아 축구 선수 로베르토 바조에서 비롯된 말이자 뒤이은 선수 알렉산드로 델 피에로를 가리키는 말로도 쓰이지만 사전적으로는 재주꾼에다 센스까지 갖춘, 그야말로 예술의 경지에 이른 선수에게 보내는 찬사의 표현이다. 현대적 영웅은 자리가 아니라 빈자리를 통해 증명된다. 메워지지 않는 빈자리는 시대와의 불화를 의미하기 때문이다. 그런 점에서 판타지스타는 현대적 의미의 영웅이라 부르기에 충분하다. 그들은 살아남지 못했다. 팀플레이에 맞춰지는 단순한 플레이에서 판타지스타는 자신의 역량을 드러낼 수 없다. 판타지스타의 몰락은 위대한 플레이어의 종말이라기보다는 화려한 개인이 활약할 수 있었던 느슨한 세계의 종말이라 불러야 한다. 시스템이 강해지면 개인은 약해진다. 시스템 중심의 세계에서 화려한 개인은 쓸모를 잃는다.

축구와 영어를 잘했고, 한번 읽은 책을 오래 기억했고, 우는 얼굴을 본 것 같은 기분이 들게 했으며, 신해철을 좋아했던 친구. '나'에게 '자아'를 지닌 삶을 보여주고 그런 삶에 대한 자극을 불어넣어주었던 친구. 누구나 인생에 한 명쯤 만나봤을 추억 속 영웅으로서 야채는 빛나는 돌아이였지만 이젠 그냥 돌아이다. 그러나 돌아이라는 판단이 외부에서 온 것처럼 그에게 빛이 사라졌다는 판단 역시 외부의 시선일 뿐이다. "우아하지 않다면 이기는 게 무슨 소용"(205쪽)이냐고 말하는 야채는 자신의 기억 속에서 현존하는 판타지스타처럼 시대가 요구하는 모습에 자신을 맞추지 않고 기억 속으로 사라질망정 자신이 원하는 자신으로 남아 있기를 택한다. 망했다고 말할 수 없는 또 다른 실패 이야기가 「앵클 브레이킹」이다.

「앵클 브레이킹」은 목표를 이루기 위해 매진하지만 어떤 것도 이루지 못하는 한 시절을 보내는 남매의 시간을 따라간다. 두 사람은 각자의 꿈을 이루기 위해 열심히 노력한다. 누나는 방송반 아나운서가 되기 위해 밤낮으로 펜을 입에 물고 연습하고, '나'는 작은 키에도 불구하고 농구를 하기 위해 무던히 애쓴다. 그러나 두 사람에게 기회는 주어지지 않는다. 그 과정에서 나만의 플레이를 하고 싶은 꿈들은 정해진 틀 안에서 도전되고 좌절된다. 「알레」가 틀이 사라지면서 존재를 규정할 수 있는 이름들도 사라진 경우라면 「앵클 브레이킹」은 이미 주어진 틀 안으로 들어가기 위해 노력했지만 끝내 입장을 허락받지 못한 경우다. 안으로 들어가고자 하지만 문이 열리지 않거나 들어가고 싶은 세계가 사라지면서 바깥에서 살아가야 하는 이들에게도 삶은 계속된다. 안으로 들어가지 못한 삶은 새로운 시대의 추억으로 잠기거나 주변으로 밀려난다. 문제는 변화의 속도가 빨라지고 변화의 종류가 많아질수록 판타지스타가 늘어난다는 것이다. 배제하기 위한 시스템은 시스템의 배제를 가져올 수 있다.

4. 부동산 오디세이

학교라는 공간에서 벗어나면 새로운 계급 상승의 사다리가 있다. 부동산이다. '화려한 한 골'을 동경하지만 '평범한 세 골'의 삶을 살아가야 하는 사람들은 마지막 사다리를 올라가기 위해 기꺼이 영혼을 내어준다. 자조하는 신조어들이야 숱하게 생기고 사라지지만 '영끌'이라는 말의 무게만큼은 여느 신조어들과 확실히 차이가 난다. '영혼까지 끌어모은다'는 뜻의 이 말은 현금 조달 여력이 없는 젊은이들이 가능한 모든 수단을 동원해—그야말로 영혼까지 탈탈 털어서—빚을 낸 다음 주택을 구입하는 현상을 가리킬 때 사용된다. 무리해서 빚을 낸다고 생각하면 그다지 특별할 것 없는 표현처럼 들리겠지만 이들이 처해 있는 상황을 생각하면 그 절박함의 정도는 심각하다. 영혼 까지 끌어모은다는 것은 모든 것을 포기한다는 말이고 집을 장 만하기 위한 돈을 빌리는 데에 가능한 모든 것을 저당잡히겠다 는 말이다. 소설집의 다른 한 축에서는 '부동산'이라는 생존 조 건이자 재테크 수단이 우리 삶을 어떻게 주조하고 있는지를 세 대별로 보여준다.

「공중 정원」은 부동산 불패 신화의 직접적인 수혜자라고 할 수 있는 세대가 주어진 조건 안에서 아파트를 갈아타고 이사를 거듭하며 재산을 증식하는 과정을 통해 서민이 '중산층'으로 입 성하는 과정의 민낯을 보여준다. 성공기라고 부르기엔 그 끝이 공허하고 약전이라 부르기엔 평생에 걸쳐 도모한 일들이 지나 치게 단순하거나 물질적인 이 성공기는 거품 위에 세워진 공중 도시의 텅빈 내면을 들여다본다. 「길을 건너려면」에서는 집을 사는 게 그전보다 훨씬 어려워진 세대를 등장시켜 투자와 투기 사이에서 부동산에 대한 입장을 정리하지 못하는 청년의 고민 을 핍진하게 묘사하고 있다. 1980년대생으로 추정되는 '나'는 학교에서 교사로 일한다. 학교에는 길 하나 건너 민들레아파트 와 G팰리스라는 두 세계로 나뉘어져 있다. 30년 전에는 누구나 살고 싶어 하던 '민들레 아파트' 아이들의 생활수준과 학력이 시골 아이들을 압도했다. 하지만 시간이 흐르고 민들레 아파트의 가치가 떨어지자 주민들의 경제 수준이 낮아지고 학력이 떨어지는 아이들이 입학하게 되었다. 학교 뒤쪽에 G팰리스가 들어오면서 세계는 민들레와 G팰리스로 구분되었다. "다들 쉽게 돈을 벌고 있어. 우리만 빼고."(39쪽) 여자 친구가 부동산에 열을 올리는 데에 반해 '나'는 재테크 수단으로서의 부동산에 큰 관심이 없지만 부동산 시장에 들어서자 휩쓸리듯 기득권이 되어간다. 그러면서 민들레 아파트와 G팰리스를 바라보던 사회학적 관점도 사라져간다. G팰리스는 살기 좋고 살고 싶은 곳일 뿐이다.

「디스 이즈 포 유」에 이르면 그보다 더 곤란한 상황에 처해 있는 인물들을 만나게 된다. 12년 동안 함께 살았던 혜연과 수현은 '월세 공동체'다. 혜연의 결혼으로 이들의 오랜 동거 생활이 끝나게 될 상황에서 두 사람은 함께 지리산 여행을 가게 되는데, 월세 부담이 가중된 수현의 상황을 비추는 데에서 시작한 소설은 고단한 삶의 내막을 조금 더 가까이 들여다본다. 방과 후 글쓰기 수업을 해왔던 수현은 개인 사업자로 분류되어 있는 탓에 고용보험에 가입할 수 없고 대출에 규제도 많다. 언제 계약이 해지될지 몰라 늘 불안하기도 하다. 다만 "세상이 내게 내어줄 몫이 그만큼이라면 알겠다, 그만큼만 받겠다"(10쪽)는 태도로 검박하게 살아오던 수현에게 코로나 19는 새로운 비극이 된다. '외부인 출입 금지'와 함께 졸지에 실직에 가까운 상태가 되었기 때문이다. 한참 만에 연락이 온 학교 측에서 수현에게 제안한 자리는 '방역 인력'이다. 수현은 매일 아침 열화상 카메라 옆에 서서 학생들에게 손소독제를 짜주거나 걸레를 손빨래한 다음 세탁기에 넣었다. 수현의 일이란 무엇일까. 'N잡러'를 경쾌한 트렌드로 바라볼 수 없는 건 청년 세대가 처한 노동 가치의 하락이 수반된 문제이기 때문이다. 몰입할 만한 가치가 발생하지 않는 일을 할 때 그 일은 다른 일들 중 하나에 불과해진다. 어떤 것도 '선택'하지 못해 서성이던 인물들은 그 대가로 너무 많은 것을 '선택'하게 되는 역설적인 상황에 놓인다.

미지근한 딜레마적 상황은 다음 세대로 조명이 이동하며 한층 싸늘해진다. 「길을 건너려면」에 등장하는 제자의 에피소드가 결정적이다. 교사인 '나'는 백화점에 갔다 손님에게 소위 갑질을 당하고 있는 제자를 보고 선뜻 나서지 못한 채 망설이던 중 주변인으로부터 도움받는 장면을 목격하고 안도한다. 하지만 예상과 다른 전개에 다시 놀라고 마는데, 자신을 도와주는 사람의 뒤에다 대고 욕을 하는 제자를 보게 됐기 때문이다. 후에 제자에게 듣게 된 바, 제자는 세상에 존재하는 차별을 깊숙이 받아들이고 있었다. 차별은 당연하므로 그로 인해 겪게 되는 부당한 대우도 별스러울 것이 없고, 그 상황에서 자신이 언을 수 있는 것은 진정성 있는 사과가 아니라 물질적 피해 보상이라는 것이다. 이러한 세계에서는 더 많이 모욕당할수록 더 많은 보상을 받을 수 있다. 모욕은 수치심을 자극하는 감정의 문제가 아니라 물질적인 이득을 가져다주는 생산의 매개다. 그러나 '나'는 제자의 반응에 놀라면서도 이것이 '더 나은 무엇'이 아니라고는 결코 말할 수 없다. 이 사실이 주인공으로 하여금 또다시 무력함을 느끼게 한다. 이제 길은 두 갈래가 아니라 세 갈래가 되었다.

욕망과 신념 사이에서 어느 한쪽을 선택할 수 없는 자는 분열되고 만다. 분열된 채 통합을 이루지 못하는 자아의 서성거림은 강석희가 발견한 '무력한 주체'의 풍경이며 하지 않거나 하지 못하는 주체라는 점에서 주체에 대한 재발견이기도 하다. 이른바 강석희의 '반주체'는 주체에 반하는 주체가 아니라 주체적이지 않은 주체이며 모순된 주체이자 불가능한 주체다. 그럼에도 우리가 이 무력한 자들을 '주체'라고 불러야 하는 것은 왜일까. 회복될 수 있는 전체나 통합, 그리고 통합된 개인으로서의 주체는 이미 이룰 수 없는 꿈이라는 사실을 받아들일 수밖에 없기 때문이다. 강석희 소설의 무력한 주체들은 기억으로서의 판타지스타를 추억하지 않는다. 오히려 새로운 주체로서의 판타지스타를 예고한다.

『도주론』에서 아사다 아키라는 근대의 인간을 편집증형과 분열증형으로 구분한다. 편집증형 인간은 한 발이라도 더 앞으로 나가려고 조금이라도 더 축적하기 위해 계속해서 열심의 태도를 유지한다. 반면 분열증적 인간은 초월당했을 때 앞서려고 더 노력하기보다 주변을 두리번거리고 예상하지 못한 방향으로 달려가버리길 택한다. 활발한 성장이 이루어지는 과정, 즉 사다리를 통한 위치 이동이 원활하게 이루어지는 상황에서 편집증적 노력은 "동적인 안정"을 얻을 수 있다.[2] 이때의 "동적인 안정"을 우리는 오랜 시간 성장과 진보라 불러왔다. 그러나 성장의 종언이 현실화된 지금, 동적인 안정도 소멸했다. 무력한 주체들은 이제 어디로 가야 할지 알 수 없는 상황에서 분열하는 길들을 앞에 두고 있다. 친구가 들고 있던 촛불을 끄고 화면 밖으로 뛰어나가버린 주인공이야말로 막다른 길에 이른 현대인의 초상이자 표상이며 도래할 탈주의 시대에 대한 예언으로 읽힌다. 바야흐로 도망갈 시간인 것이다.

2　아사다 아키라, 『도주론』(문아영 옮김, 민음사, 2012), 30~33쪽 참고.

작가의 말

저에게 있어 소설이 시작되는 순간이란 '장면'을 마주하는 순간과 같습니다. 진녹색으로 가득한 지리산 숲길이나 2006년 겨울의 대전 터미널 같은 것이 몸 어딘가에 툭, 하고 놓이거나 눈앞에 펑, 하고 나타나는 때가 있어요. 그런 일이 일어나면 아주 소중하고 귀한 걸 손에 쥔 기분이 되고요. 그다음 장면을 상상하는 것이 피할 수 없는 일처럼 여겨집니다. 그 장면들은 저의 기억 속에 또렷하게 남아 있는 것일 수도, 겪어본 적 없는 세계의 것일 수도 있습니다. 어떤 종류가 되었든 그 장면에서 소설을 시작하거나 그 장면을 담아내기 위해 소설을 쓰지만, 퇴고를 하는 동안 소설에서 사라지는 경우도 생깁니다. 일단 쓰기 시작한 뒤에 '나 이런 이야기가 하고 싶었구나' 깨닫는 편이어서 그렇습니다.

그간 써온 소설들을 모아놓고 보니 끝내 소설에 남기지 못한 장면들에게 미안한 마음이 들었어요. 왜 미안하지? 생각을 해보니, 그 장면들이 온전히 저의 것이기만 한 게 아니기 때문이었습니다. 그것은 누군가와 함께 만든 장면일 수도 있고, 누군가가 저에게 들려준 장면일 수도 있고, 누군가가 부탁하는 마음으로 맡긴 장면일 수도 있겠습니다. 그러고 보면 한 장면에는 그것이 만들어질 때의 고유한 마음도 함께 담겨 있는 것은 아닐는지요. 끝까지 실어 나르지 못한 장면과 그 안에 마음을 나눠 주신 누군가에게 사과와 감사를 드립니다.

아마도 저는 계속해서 어떤 장면들과 함께 소설을 쓰고 어떤 장면들은 끝내 덜어내겠지만, 시간과 공간을 넘어 도착한 우리의 장면들을 잊지 않고 꼭꼭 간직하겠습니다. 그러니 앞으로도 소중한 장면들을 나누어 주세요. 지금 이 글을 읽고 계실 누군가에게, 부탁드려요.

그럼 언젠가 또,
우리가 우리의 이야기로 연결되기를.

2021년 가을
강석희

수록 작품
발표 지면

우리는
우리의
최선을

초판 1쇄 발행 2021년 11월 29일
초판 2쇄 발행 2022년 7월 1일

지은이 강석희
펴낸이 강일우
편집 김현, 김필균
조판 오늘
펴낸곳 (주)창비교육
등록 2014년 6월 20일 제2014-000183호
주소 04004 서울특별시 마포구 월드컵로12길 7
전화 1833-7247
팩스 영업 070-4838-4938 | 편집 02-6949-0953
홈페이지 www.changbiedu.com
전자우편 textbook@changbi.com

ⓒ 강석희 2021
ISBN 979-11-6570-100-0 03810